寫作也是一種修行

鄭栗兒——著

目次

【自序】

寫作是我的一種修行

為什麼我要成為一個作家，或說，為什麼我要書寫。

做為一個作家，我總是對於內心瞬間一閃而過的靈感，那些來自宇宙的訊息、生命的吉光片羽，感到無比的振奮。

唯有以筆去捕捉，藉此引領自己，療癒我自己，才是我寫作的意義。

從一九九〇年我的第一本書《我是懶的》出版之後，不知不覺以作家身分做為自己一生職業也將近三十年漫漫時光。若論創作資歷則更久遠了，幾乎是孩子時開始習字起，就喜歡文字創作了！

我是因為喜歡寫字，收集字詞，進而愛上寫作的。那時是唐詩宋詞的全民時期，蘇東坡、王維、杜牧的古典詩詞餵養著我們的文學靈魂，然後席慕蓉、鄭愁予、夏宇的現代新詩帶領我們遨遊另一個天空……。

我也曾在文學編輯台十多年時光，編輯過無數國內外大師文學巨作，伊塔羅・卡爾維諾、米蘭・昆德拉、派屈克・蒙迪安諾、伊莎貝拉・阿言德、村上春樹、鹿橋、龍應台、余秋雨……。

在我的生命中，寫作已成為我的魂魄（作家魂），至今我仍維持每一兩年出版一本書的紀錄，儘管現在是手機網路閱讀的年代，讀書人（特別是紙本書）已成為稀有動物。同時隨著微博、臉書的炫風來襲，幾乎每一個人都能成為一名獨立作者，隨隨便便也可以粉絲達數千人。

由此可見，寫作或說書寫是多麼療癒，如果一天沒有po篇什麼，在哪裡的好山好水好風光，吃吃喝喝美食，說點人生道理，就完全失去了生命的存在感和按讚的關注感。

對一個寫書人來講，寫作就不是那麼信手捻來的任性，寫作更多時候是一種孤獨的修行，就拿寫旅行書來說好了，去到了異國忙著找路，觀賞景點之外，不時要筆記著隨時發生的人事時地物，還有自己的心情感受，前人的足跡見解……，夜裡拖著疲憊的身軀回到飯店後，室友已經梳洗躺在床上呼呼大睡，自己還得挑燈夜戰，整理一天下來的見聞筆記，最好還可以在網路發表即時動態。更別提之後真正落實為書上文字時，如何架構行文，每天得固定時間寫作，補充資料，還要從已經遺忘的記憶中，挖掘出幾個殘缺片段，做一個氣氛出來。

姑且不論出書與否，持續保持書寫創作的人，就像亂語靜心一樣是有益身心的，我曾經維持多年寫日記的習慣，雖沒有每天寫，但也幾天寫一篇，某一次信手拿起一本某某年的筆記本，打開來一看，發現都是內心黑暗面的記錄，像我這種看起來這麼光明的人，很難想像那些負面情緒原來也曾在我心底盤旋不已，我想如果沒有這些可以抒發心情的文字，那麼我的心靈成長一定很有限，我不會去正視內在的問題，然後跨越它們。我認識很多作家，寫作除了是他們記錄時代的種種發生之外，更是自己內心的一種省視與淨化、清理，只是我們要明白不要太掉落其中，在文字的迷宮中纏執不已，而走不出來，回到真實的人生。

好讀出版的總編輯鄧茵茵是我多年來在創作上的分享者，她一直邀請我寫一本關於寫作或是作文的書，這種理論性的關於如何寫作的書籍，是我從未想創作的題材，儘管我也算是著作等身的作家，同時又是台灣資深的文學編輯人，也曾在離開編輯台後，參與幾期作文老師培訓課程，分享我的寫作經驗，但對於如何寫作的技巧，我不覺得應該設一個什麼標準、方式去創作才能寫出好文章。對我來說這是很形式化又刻板的，我只能舉出一些最常可以運用的方式，提供做為參考，至於我個人的經驗，幾乎是以自由式的靈感書寫而來，從一個畫面，一個句子，一個字開始，此外我有很好的編輯訓練，可以很快建立一個書的大綱，想清楚一本書要多少字數，多少章節，然後設立標題，再逐字完成，最後修飾潤稿，即可定案。

當然，創作的過程，不管有沒有好靈感，你都得埋首書寫，至少完成草稿都是一種成就，如果一開始就想寫得百分之百的完美，而不允許一點點瑕疵存在，甚至不允許重寫或修改，那麼我必須說，這位作者這輩子大概無法寫完一本書，寫作不是美文而已，重要是你要傳達什麼，讓自己練習各種形式的文字傳達方式，就是訓練讓自己的人生多一份包容和無限的創造力，一本書有它自己的故事，慢慢寫到後來，你會發現是書自己在完成，只是經由你的手去執行而已。既然如此，唯有保持一種真誠敞開的態度，忠於自己的內在，讓書寫自行去運作，你不用設限一定這樣或那樣才是完美，就只是寫寫寫，培養書寫的習慣，靈感自然快速湧現，當然在此之前，豐富的閱讀與遊歷，人生的經驗與歷練，以及當下的觀看與洞察，都可以協助讓你的文章更有可看性和豐富的內涵。

除了允許創作過程的不完美存在，在創作過程中培養堅韌無比的耐性，是我個人覺得寫作帶給我最大的收穫。在我寫作歷程中，一本書或一套書耗費多年時光的創作，是很平常的，對我來講，這既是一種磨練，也是一種接受，不急著完成，在每一個過程盡情投入，養成了我的某種人生觀。現在我是一個心靈導師，在傳授給學生的心法中，包容錯誤，接受不完美，以及練習有耐心去等待療癒的發生，有耐性去改變自己的慣性模式，都是寫作帶給我的修行。

最後，我還想說的一件很重要的事是，要喜歡寫作而去寫作，不是為了其他什麼。不是為了成為有影響力的人，不是為了成為暢銷作家，不是為了功成名就……，寫作是分享感動的事，所以寫作者要有誠懇的態度，因為寫作本身是一件感動自己的事，創造生命的感動，創造寫作的感動，當你落筆時帶著感動的心全然而然書寫時，完成的那一刻，一切就已經完成了，接下來的掌聲鼓勵或粉絲按讚或版稅收入，都是多出的回饋。但你如果是為了那個目的而寫作，寫作就會變得不那麼純粹或有趣，當然我不是排斥職業的文字工作者，即使是職業文字工作者也要培養熱愛創作的工作態度，這才是盡責不是嗎？有時候，你很全然去寫作，完成一本感動人的書，然後得到讀者的回報，成為暢銷作家，這些都很棒，我要說的是，如果沒有得到回報，也沒有暢銷，但一本書總有它的意義，它被書寫完了，感動了你自己，就是最大的意義。寫作，絕對不要抱持功利主義的心去進行，否則你不會得到寫作真正教導你的，儘管我一生中一直未成為一個暢銷作家而小有遺憾，但在寫作過程中，因創作每一本書而帶給我新的視野和心的轉變，豐富我的知識和智慧，這才是寫作帶給我最美好的禮物。

——二〇一七年四月十四日，寫於基隆游嬉所

卷一

對於寫作的一些建議

從卡爾維諾《給下一輪太平盛事的備忘錄》說起

在這網路交錯縱橫的新世紀，所有寫作的方式與準則都不同於以往，有各種各樣的寫作風格和題材可以被允許，也可以被建立，比如我很喜歡Ning在臉書發表的「深夜廢文」，充分表現出憤青們為正義發言的小小憤世嫉俗，又不那麼認真或嚴重到令人窒息的程度，這種毫不做作的小Q點，在過去一九七〇或一九八〇年代是完全想像不出來的，也不是那一代的語言方式。那時候，寫作顯得太高尚，寫作的人如果沒有一點「敢」，去表現自己的見解與內涵，乃至美文詩語，自己都感覺見笑了，又如何呈現在眾人面前呢？我個人覺得，寫作人要有一種自戀性格是必然的，那種自戀也會去感染別人，帶點唐吉訶德式夢想色彩，應該是一個寫作人不能或缺的特質。

那麼關於寫作我能說什麼？

在我過去編輯時代有一本書可以提出來，做為本章的一個開場，那就是義大利文學大師伊塔羅・卡爾維諾的《給下一輪太平盛世的回憶錄》。這是卡爾維諾生前最後一本著作，這位傳奇性的義大利文學作家於一九八五年準備動身前往美國哈佛大學發表演說前夕，不幸腦溢血辭世，為世人留下這五篇關於文學的演講稿，也是五份給讀者的備忘錄，解說五種不可或缺的文學價值，這也是給二十一世紀的一份重要禮物，不僅在文學，而是整體的時代趨勢與哲思。

這五篇備忘錄的主題是：輕、快、準、顯、繁。

文學的輕，是以襯托生命／存在的沉重；

文學的快，時間與速度，敘事的時間幅度操作及精簡明快；

文學的準，明確的構思，清楚銳利的視覺意象，語言的精確；

文學的顯，想像、意象、靈象、影像……，透過文字視覺顯示；

文學的繁，文學延伸而去的網絡織線，連接世界的人事物……。

卡爾維諾洋洋灑灑的五篇演講稿，道出文學結構的大體，我為之延伸為一篇作品應具備的靈魂——

「輕」，是關於一篇作品的最根本旨意、主題及內涵；也就是你為什麼要寫？你要傳達什麼？

「快」，是關於一篇作品應有的韻律與節奏感；就像一首歌一樣，行文的律動感和文字風格，要能讓人唱歌般，享受著閱讀的樂趣。

「準」，是關於一篇作品敘事的表達，文字用語的拿捏；整體的構思和遣詞用語的精準表達，使敘事呈現所要展現的文字藝術。

「顯」，是關於一篇作品的視覺呈現與想像、畫面構成；一篇作品要能傳達內在和外在的景象，不管是外在世界的畫面或內在世界的想像。

「繁」，是關於一篇作品的枝節延展，其架構敘述觸及世界的一切；一篇作品要像一棵樹一樣，從主幹延伸至各種細節旁枝，豐富我們的視野。

備忘錄的第六篇，只有一個「稠」的主題，內容還未書寫，卡爾維諾就猝然而逝，也許是要表達文學的濃稠度，關於一篇作品的張力與密度，當然這是我的認為，但是一篇作品的敘事張力和布局也是相當重要的。

卡爾維諾的以上五講，或說給下個千禧年（亦即我們現在所在的二十一世紀）的五個文學備忘錄，在一開場的前言，他自己這樣說：「現在是一九八五年，我們和下一輪千禧年之間只剩十五年的時光，……在這一千年中，書籍以我們目前熟悉的形式出現。我們常納悶，文學和書籍在所謂的後工業科技時代會有什麼下場……，我對文學的未來有信心，因為我知道有些東西是唯獨文學才能提供我們的。因此，我希望把這些演講投注於我衷心認同的某些價值、性質，或文學特性，設法從下一輪太平盛世的視野來看待。」卡爾維諾的一生很可惜並沒有跨越到這一個千禧年，但他這五篇備忘錄在這個太平盛世依舊被奉為文學圭臬，「輕、快、準、顯、繁、稠」，已包容文學的所有。

那麼關於寫作，我還能說什麼？那就給予寫作新手一些簡單的建議吧，談文學也許還有點遙遠，但如果你願意拿起筆開始書寫自己，書寫見聞，書寫自然，書寫情感，書寫情緒，書寫想像，書寫夢境、書寫一日時光，進而將寫作當做內在自省、接軌心靈、連結宇宙的一種修行，期待這些建議，可以協助你突破寫作的困境，進而運用寫作觀照自己，觀察當下，書寫你的生命之歌。

你為什麼要寫？要寫什麼？

有些書句總是那麼令人難忘，閱讀川端康成的《雪國》：「穿過縣境漫長的隧道，便是雪國，夜的底層白亮了起來，火車停在信號所前面。」一時間我彷彿來到了北海道或是日本東北一帶。隧道、夜晚、火車是一個隱喻，雪國、黎明、信號所又是另一個隱喻。脫離了日常，溢出了現實，來到我的夢境國度。夢境永遠是一個烏托邦、桃花源，但在這裡也藏著一個啟示，一個故事。

或者村上春樹的《海邊的卡夫卡》：「星期一，圖書館關著門。平常的圖書館已經夠安靜了，休館的圖書館則更是安靜至極。看起來就像一個被時間所遺忘的地方似的，或者看來也像一個希望不被時間發現而屏息吞聲的地方……」這樣安靜又安靜的圖書館，被時間遺忘之所又將發生什麼樣不希望被時間發現的故事呢？

如許懸祕，藏著一種好奇，一開場的敘述即帶領我們進入另一個世界，黎明初起的雪國或是星期一的安靜圖書館。

要細數這些迷人的書句說不完，文學是迷人的文字藝術，很多人熱愛寫作，往往就是被這些迷人書句給吸引，而後勾動出自己內在的寫作魂，在這裡就有一個好玩的事發生了，很多人一直想寫，想說，想被聽見，卻莫名所以，不知道自己。

寫作者要有一雙看得見的眼睛和看不見的眼睛，看得見的眼睛看見眼下的世界所有的狀態與發生，看不見的眼睛看見過去、未來，縱橫古今、超越時空，乃至內在所有的心象，要能像福爾摩斯有銳利的觀察、判斷，抽絲剝繭去深入我自己：我為什麼要寫？我要寫什麼？我遇見的寫作障礙是什麼？

很多人問我為什麼會寫出《閣樓小壁虎》一書，這本書於一九九一年二月首次出版，二〇一四年四月經典紀念版出版時，我接受博客來「OKAPI閱讀生活誌」陳琡分的專訪，談到這本書創作的緣起：

二十三年前的某一個晚上，鄭栗兒在她那基隆的閣樓房間裡，遇見一隻小壁虎。小而細瘦的身子，一雙大又無邪的眼睛，天真純淨地望著她。「用現在的話講，真的是超萌的！」她說。

那一年鄭栗兒才二十多歲，待過幾家出版社，剛出過第一本個人城市散文作品《我是懶的》，後來跳到廣告公司。工作還算順遂，感情有點迷惘，對於人生，有著年輕必然的困惑。「那時很多事情都在十字路口的交叉點上，對世界也有憧憬，也有想像，常常在想，到底要繼續朝哪個方向前進？」要繼續在流行文化的領域耕耘，還是回到她一心嚮往的寫作？

然後她遇見那隻小壁虎，還來不及記得更多牠的可愛，隔一天，她就發現小壁虎死掉了。

「也許是那時年輕，比較多愁善感。但就覺得生命很脆弱，還沒歷練過什麼，這麼快就結束了，那，生命存在的意義是什麼？」鄭栗兒滿懷惆悵地自問，卻沒有答案。

也就在那一天晚上，鄭栗兒陷入了一陣難以言說的低潮。心情沮喪的她打電話給所有的死黨朋友，卻像被什麼安排好似的，一個都找不著。於是她獨自盤坐在地，就著房裡的小矮几，伴著一抹檯燈的光亮，「我決定那晚我要寫小壁虎的故事。」一路寫到天亮，寫了一疊稿紙，敘述一隻在寒冬出世的小壁虎，聆聽一隻衰萎的老蜘蛛訴說一生奇遇與生命智慧的故事，成了這則自一九九一年以來不斷重新出版，至今仍持續縈繞在無數讀者心中的成人非童話《閣樓小壁虎》。

……「《閣樓小壁虎》完全就是在講一個概念：你如何成為自己。」

……「以我自己來說，寫完這個故事的瞬間，像是完成了什麼。原先內在那些澎湃的、對生命的諸多疑慮、對方向的茫然，突然都釋懷了。」

「如何成為自己」一直是我寫作歷程中最重要的自我對話，創造此生的價值和意義，也是我這一生以來不斷致力之事。我不說努力或是精進，畢竟我是一個金牛座，對於享受人生這件事還是很看重，我自詡為一個禪的行者，履踐活在當下，連結萬事萬物之道。

努力或精進當然是必要的，但是太努力或太精進，你會錯過一些什麼，特別在寫作，太努力或太精進往往會失了靈感，因為被目標給牽引去了。你一直看著那個目標的點，卻忘了此刻，忘了觀察，忘了周遭，也忘了如何前往那裡。所以，你必須保持一點點放鬆，放鬆地專注，放鬆地察覺，放鬆地看見，然後那個召喚就會出現，像冬天裡的一隻小壁虎，出現在我的閣樓，牠的出現和死亡，讓我看見生命唯有自己獨自以對，去追尋，去闖蕩，去冒險，去探索……，沒有別的人你可以依靠。我們在年輕時，總依賴著夥伴的友誼，一起闖禍鬧事，一起嬉笑怒罵，一起逐風追月，可是那一晚在我需要的時候，我的夥伴們全都失聯，所以我只有默默提起筆，自己寫下《閣樓小壁虎》的故事，夥伴們無法填補空虛，生命只有你自己勇敢踏出那一步，自己獨當一面，去發掘整體的宇宙星垠。

你為什麼要寫？

在每一次的課程傳授中，我都會問我的學生，你為什麼在這裡，你來這裡是為了什麼？

往往有一種答案，我不知道，誰叫我來，我就來。

還有一種答案，我不來，也許會錯過什麼，就比別人落後。「就比別人落後」是我說的，也是大家內心的旁白。

很多時候，就是這種人云亦云的群體效應和比較的心態，甚至是一種虛榮心而去做某些事，寫作亦然，特別是滿足虛榮心這部分。當然升學考試作文一項，也是相當重要的理由，但不管怎樣，你自己都要去衡量，學習用自己的觀點，用自己的洞察力，去問自己我為什麼要寫？我要寫什麼？

這些年來，從部落格到臉書、推特、Line、微信朋友圈……，全民書寫蔚為風潮，大旅行、小旅行的各種見聞、風景、美食，證明自己存在、開心、豐盛的意義，圖像加上圖說，一瞥的記憶如此珍貴，宣告活著的熱鬧，生活永遠在他方，在臉書，在朋友圈……。

就以旅行為例，我為什麼要寫？我要寫什麼？

在一次關於旅行與創作的教學中，我以「撿拾旅行中的碎片」為題，談論如何運用手機攝影，捕捉每一個畫面，取代紙筆做為旅行的記錄，之後再以看圖說故事的方式去書寫這一次旅行的行程，進一步探索旅行的意義。

◆寫作引導如下

◇旅行的意義

回想一個你覺得最特別的旅行，用紙把它寫下來，如：尼泊爾朝聖、冰島極光、日本北海道自助行……。

◇為什麼去旅行？

蜜月，朝聖，無所事事，一個人冒險，出走，純粹美食享受……。

◇列出這次旅行的收穫？

敢和外國人溝通，自己找到路，感受聖地的殊勝，買到最厲害的吹風機，吃到很想去的餐廳，與大自然對話，完成單車行天涯之夢，遊學與打工……。

◇人事時地物

記下收穫最多的人、事、時、地、物內容，可以按時間行程順序，也可以按照內在感受程度記錄。

◇旅行的感想

把這次旅行的感想、心得寫下來，像是：原來極光不是那麼遙遠，遙遠的是不敢移動的腳步和內心以為的遙遠。

最後統整以上的記錄，開始認認真真寫一篇關於旅行的文章，如果你忘記旅途的細節或發生，或是沿途的風景，可以拿出你的手機照片，看看圖像上的人事時地物，協助你完成（當然如果是寫旅行書的話，要做的功課、準備的工具更多，以上是以單篇文章做為建議）。

過境香港

鄭栗兒

我一直覺得奇怪，我總是來到這裡，重複地旅行著相同的街區、相同的夜景、相同的樂園，甚至不必攜帶地圖。

我曾經想過這個城市對我有什麼意義？

只是一個純粹的過境處，還是因為昔往英國殖民地的遺留風情，或者是尋找某個電影中熟悉的拍攝背景，比方《重慶森林》裡與梁朝偉住所（其實是杜可風在香港的家）緊鄰的天橋……

它吸收著我生命的什麼，使我和它產生交集。

我會去哪裡一定有個道理，但香港就是這樣，我只是經過這兒，待幾天，再去到那兒，一個兩趟飛機的中途站，待太多天又覺得太滿。如此，成為許多年來我去過最多次的異域城市，轉折著我騷動的情緒。

我以為我每次憂鬱的時候，可以連續搭乘一百次渡輪往返尖沙咀與中環之間，抬頭數算著那些個直入雲端的摩天大樓一百次。

我也以為我跟它很熟悉，可以當作一種習慣化的短暫改變出口。

當我待在我原來的城市裡做一段時間我討厭的自己的樣子時，我就來到這裡。到人們以為幼稚的海洋公園，看深海巨魚群悠游在龐大的四層樓水族館不停浮動，我可以這樣駐足半天，一直看著那些魚兒游水，試著記著牠們的名字，雖然很快還是會忘記。

這時候的我才是我真正喜歡的自己的樣子，不必說太多話，也不需理會誰。

星期六的香港的街很熱火，擁擠著人，每一片刻沸沸揚揚的，擺弄著一種挺騷動的消費氣息，每一個香港人都用很快的速度說著話，用很快的速度走著路。

我就這樣雜和在人群間與林立的大招牌、霓虹燈聚擁著，呼吸快速的空氣，搭著地鐵，一路從九龍佐敦沿彌敦道經過尖沙咀，穿越維多利亞海面直達港島中環，再步行到纜車站乘坐英式纜車登上太平山頂。

五分鐘後，便將整片環島樓宇抛於腦後，夜風吹襲一陣冷寒，二月冬天的尾端，山上還是偏涼，雨來的時候還會夾帶雲霧。

晚間七點鐘，佔據兩層樓的峰頂餐廳此刻皆點燃桌上的燭光，閃爍迷離浪漫的氛圍，幾萬戶大廈燈火共同織造的輝煌夜景，則躍然於整面透明的落地窗外，形成一幅壯觀的「不夜城」場面。

侍者送來了菜單，悠揚的即性鋼琴演奏聲也穿透每一個空間，寬敞舒適，我們都很開心，調整著座位，喝口涼水，翻閱了幾頁，研究餐餚的可能，卻不太懂得該點些什麼特別的。

吃在香港，應該有一種美食奢華的感覺，而我真是在這個城市花費不少錢。

侍者為我們做一番介紹，夾生的普通話需要費一番工夫，然後點了泰式小食拼盤、龍蝦湯、咖哩菊度豆湯、白酒煮荷蘭青口、馳名香草燒羊仔鞍、兩份印度烤包、還有披薩及義大利麵，另外又加了印度燒烤和印尼炒飯。

泰式小食拼盤是一些海鮮沙拉的組合。而所謂的咖哩菊度豆湯，其實是印度style的蔬菜及lentil（扁豆）一起燒煮的咖哩湯，還算可以，但沒有奶油龍蝦湯來得豐盛。

羊仔鞍則是roast rack of lamb（小羊），咬勁不錯。令人意外的荷蘭青口，則是來自荷蘭的一種比文蛤或海瓜子更大的黑殼貝類（淡菜），經白酒調製後，將其口感提昇得更鮮美。

而其中最讚不絕口的應該算是印度烤包，烤得香Q有勁的bread搭配原味優酪乳，沒想到一入口就有一種奇特的滿足感。印尼炒飯則看起來很像印尼的樣子，黑黑的顏色，包含了雞肉、shrimp（小蝦）、還有新鮮的coriander（胡荽），再加kropoek（蝦晶片）、雞蛋快火燴炒，聞起來香而誘人，吃起來別具風味。

這一個太平山頂的晚餐最令人愉悅的，還是整個無比迷人的用餐場域與百萬夜景，充滿一種塑造而出的高貴幸福感，人們巧聲細語，幽默說笑，耳畔流動著音符，在停頓的片刻間，眼睛可以久久凝視由近而遠的萬般燦爛光亮。

我常常誤以為香港的繁華將會這樣一直下去到永遠未來，在這樣的名牌與美食消費間，在這座用成千上萬棟巨樓群打造成的星光島嶼，所有的浪費都化為了讚美，我享受著這一切，不必太久時間，只要兩三天，我只是過境。

（摘自《很熱的旅行》，二〇〇三年聯合文學出版）

十個寫作障礙

對新手來說，即使照著以上的建議，蒐集好了素材，一些隨筆和圖像、圖說記錄也已具備，但紙張攤開來，電腦打開來，面對整張空白頁，還是不知從何著手。每一個人遇上的寫作難題都不同，以下是一般常見的十個寫作障礙，如實面對你的寫作難題，克服這些障礙，其實也克服某種心魔，而能體會到書寫所帶來的樂趣，讓自己釐清思緒，進而提升內在的生命能量。

一、完美主義

完美主義原本是件好事，精益求精，讓自己臻於完美而不斷進步。但絕大部分完美主義者，卻有一種苛刻的特質，就是太認真，一點點瑕疵都讓自己很難受，所以一寫文章，就認為一定要寫得很好，於是就不敢輕易下筆，琢磨再琢磨，深思再深思，還是擠不出一個開場白，連首份草稿也完成不了，其實就是太害怕出錯，太擔心做不好。

創作原是一種天馬行空的想像，可以荒謬，可以幽默，可以詼諧，可以諷刺，可以抒情，可以嚴肅，也可以瓦解、顛覆……，要帶點遊戲的態度，讓想像的翅膀帶著文字去飛行。

美國普普藝術大師安迪．沃荷（Andy Warhol）曾說過一句至理名言：「在未來，每個人都能成名十五分鐘。」他將濃湯罐頭和可樂瓶變為藝術，攪亂菁英藝術，反諷上流社會，從非主流納入主流，他宣稱人人都可以是超級巨星。

他說，美其實跟一個人完成美的方式有關，當你看見「美」與之相關的還有場景、他們穿的衣物，他們站在什麼東西旁邊，他們走下樓梯前使用的衣櫃，……使一幅畫美麗的是上顏料的方式，……東京最美的是麥當勞。斯德哥爾摩最美的是麥當勞。佛羅倫斯最美的是麥當勞。美國真的是最美的（因為有麥當勞吧）。有時候，那些有精神崩潰症的人看起來可以很美，因為他們移動或走路方式中有一種脆弱感，顯出讓他們更美的情調。擔任《時尚》雜誌總編十年的黛安娜·佛里蘭（Diana Vreeland）是全世界最美的女人之一，因為她無懼於他人，她做她想做的事……

這是安迪·沃荷各式對美的定義，瞧，他不媚俗，不人云亦云，不假裝高尚，無懼於他人，做他想做的事。

安迪·沃荷這位愛吃糖果，討厭搭飛機，最愛待在自己房間，是個媽寶，腦袋裡裝滿顛覆想法的人，以一個商業藝術設計工作者自居，喜愛撿拾剩餘物，將之化為創作，甚至發揚光大，就是因為他用不一樣的觀點去看待人們所崇尚或摒棄的。你可以說他不按牌理出牌，或者是玩世不恭、嬉笑怒罵，有一段他關於時間的話語，卻是至理名言：「他們總說時間會改變事情，而事實上你得自己去改變它們。」就是這個內在的改變，這個主動，不扭扭捏捏，沒有任何藉口，使安迪在世界舞台、宇宙時空中，擁有屬於他發光發亮的十五分鐘。

最後，我給一個建議是：放下自己和別人的評價，帶點孩子氣，去玩文字的遊戲，人生沒有所謂的完美，只有完成美的過程。

二、詞不達意

先說一則我為此章編的笑話，每天日出清晨，公雞們就開始咕咕叫，奮進地報曉，但隔壁老王家的雞卻一直不叫，以致每天他上班都遲到，眼看就要被老闆炒魷魚，最後他受不了，跑去警告他家的雞：「你再不報曉，我就宰了你。」

老王家的雞委屈道：「我有報曉啊，每天一早我都很認真地咯咯叫啊！」

老王聽了更生氣：「誰叫你咯咯叫，要咕咕叫，大家才知道起床啊！」

雞無辜地回答：「抱歉，我是一隻母雞。」

「詞不達意」有兩層意思，一是《國語辭典》的解釋——所用的言詞無法適切表達心意。也就是文字和語言沒辦法完全說清楚、講明白內心的意思，不然就是表達錯誤，讓人產生錯解；另一層是創作中常遇見的障礙，就是空有滿園美景，橙黃橘綠，小橋流水，星霜夜霧，雨風晴空……，卻就是無法形容，敘述不出，表達不了，只能徒歎一句：「哇，好美啊！」但怎樣的美卻開不了口，就像讀小說或看戲劇，就一句：「這個人真好！」但怎樣的好法，完全提不出具體事實做為佐證，做為支持，這樣就顯得文章很空洞。

寫作既是很右腦的天馬行空，無邊靈感和想像，但創作時，觀察時，尋找素材時，卻是很左腦的邏輯鋪陳。詞不達意，就是書讀不夠多，單字、句子背太少。我們要珍惜中國文字，特別是繁體文字，這是一種古老文明的流傳，不應該因噎廢食，中國文字的形與美是一種藝術，讀古文或唐詩宋詞更能協助我們掌握中國文字的欣賞與運用。比如說，眾所周知的唐朝白居易〈琵琶行〉敘述他被貶江州司馬兩年，在潯陽江頭送客，偶遇一位已經過氣的老歌女，彈奏琵琶的高妙技藝，而白居易亦以高妙文字形容琵琶演奏的聲音，「嘈嘈切切錯雜彈，大珠小珠落玉盤」……，也是絲絲入扣，乃至感慨著兩者「同是天涯淪落人，相逢何必曾相識」。

就像讀書人不一定是寫書人，但寫書人一定要是一位讀書人，你要能去欣賞、喜歡、閱讀，甚至蒐羅各種詞彙，你就能慢慢學會用適當的文字去表達內在的想法和外在的世界，孩子時讀古文、背誦詩詞的時光，是我覺得童年最開心的事之一，我讀小學時，有一個專用的收藏小冊，專門記錄喜歡的詞彙、成語和佳句，每次寫作文時，就拿出來運用。

在此，我給予的建議是：從欣賞開始，從喜歡開始，從閱讀開始，你將進入一個廣闊的天地，一切你所要用的，皆在其中。

三、靈感瞬間流失

在我山上幾次閉關禪修的時日，往往在靜默時，行禪或坐禪時，才發現我的靈感何其多呀，一直在這時出來打擾我的禪修。我只能放下它們，回到我當下制心一處的覺知點。做為一個創作人，靈感是多麼彌足珍貴，但我總不能在這時丟下靜坐、行禪，拿起筆記下我的靈感，我告訴自己，也許等一下再寫吧。等到禪修結束時，再提起筆，那些靈感卻瞬間流失，完全忘記要寫什麼，好像不曾出現一般，只能自我解嘲：「既然記不住的，就不一定是最好的，反正是靈感嘛，一定會再冒出來的。」

很多時候，靈感像個頑皮的孩子，你要它出現，它就躲起來，你不經意時，它又跳出來，不停和你捉迷藏。寫作人有很多捕捉靈感的方式，比如每天固定時間，固定位置，開始自由書寫，隨便亂寫，重要是能放空自己，讓筆自由去書寫；還有，隨身準備紙筆，一有突如其來的靈感時，就立刻抄寫下來，這個好習慣是我寫作時的最佳小幫手。然後我會在特定的時間內，比如一週的某幾天，某時段，拿起靈感小冊，開始自由書寫，也許一段，也許一篇，也許成為某本書的開場白。

從紙本筆記到電子筆記，乃至現在的智慧型手機，讓我們不僅可以用文字填寫靈感，也可以用圖像記錄靈感，手機攝影真是一大妙用，連視覺畫面都為你完全捕捉。觀看每一張照片的畫面時，我們的大腦自然會記起當時的氣味、光線、感覺、人事物，你不用成為一個很棒的攝影師，只要在任何你想記住的片刻，按下手機相機快門，卡嚓一聲，就是一個美妙的靈感。我給的建議很簡單，記住，隨身帶好你的手機，還要有拍照和記事功能，以及容量大一點至少16G以上的SD卡。

四、麥當勞速食主義

最美的是麥當勞。安迪．沃荷這麼認為，麥當勞是近代速食主義的代表。求快、求迅速、求敏捷，是現代人最普遍而不自覺的慣性了。我曾經讀過一篇報導談論現在地球時間的振動頻率，已經不是二十四小時，而是加速到十六小時，所以現代人的一天比以前更快速、更短暫。也因此，現代人忍不住總要急急、快快快，趕快做好一件事情，無法靜下心來好好享受，缺少緩慢的悠緩優雅，更失去米蘭．昆德拉所說的捷克諺語：「悠閒的人是凝視上帝的窗口」那種田園牧歌式的意境。

麥當勞速食主義意味著缺乏耐心好好去創作一篇文章，只想草草了事，快快完成。如果抱持這種態度去寫作，那麼是不會有什麼收穫的，寫作是一種想像、思考、建構、文字堆疊的趣味，如果想成為暢銷作家或想拿到作文高分，才華之外，也需要認真努力去寫，付出那些已經縮減了的寶貴時間去寫，樂在其中去寫。你專注在哪裡，哪裡就會成功，絕不是所謂撿現成的二次創作或是天下文章一大抄，或是三言兩語即可。

二〇〇五年，法鼓文化出版公司邀請我撰寫《大師密碼A－Z》套書（中英文雙語版），那是聖嚴法師為了讓孩子透過閱讀佛教經典人物故事，開啟智慧密碼而有此出版的計畫。

當時我心想如果沒有寫這套書，也許以後會後悔一輩子，只好告別聯合文學編輯台執行副總編輯職務，前後共費三年時光，投入整套書二十六本，共一百三十位中外古今佛教大成就者的書寫工作。每一本書有五篇人物故事，以一萬字計的話，總共二十六萬字了。我必須很有計畫、有耐性、有節奏感地進行，因為過去有過撰寫套書的經驗，知道這是一個爬格子的浩瀚工程，心理上要自我調適，並規劃出找資料和寫作需要的恰當時間。適度的休息也是很重要的，不能用拚命三郎的方式去書寫，而是要像馬拉松一樣，五百公里的路程，你要花多少天走完，每走十公里就休息一兩天。整個創作過程你要在路上，不能過度期待終點。

每一篇故事看似簡單，卻都要先構思大綱提案和單字、人物建議，出版社這邊同意後，再進一步著手內文情節的撰述。每一個步驟就像製作精緻料理一般，從選材料、構思菜色、洗菜切菜、烹飪料理，最後一道道擺盤上桌，不忘要營造吃飯的氛圍，音樂、蠟燭、餐具……，皆是重要的一環。

所以，我的建議是：放下「馬上」的口頭禪，寫作永遠要有耐心，而且不要盯著最後的終點，而是全然在路上，走著走著，你就抵達了！

◆我如何創作大師密碼故事

◇閱讀對象：國小、國中學生

◇體例：童話故事

◇A—Z每一個單字的獨特性，人物＋故事點

◇建立大綱＋分段配置（小標關鍵字）＋下標題

◇範例大綱

單字：Joyful（快樂）

人物：布袋和尚

首段，小標關鍵字：中國聖誕老公公來了

聽見爽朗的笑聲，孩子們知道中國聖誕老公公來了，帶著一只裝著很多東西的大布袋，開始放送給需要的貧困人家和小孩，這就是布袋和尚。布袋和尚

外形胖胖的，又總是開朗笑呵呵，在此刻意塑造他是聖誕老公公的形象，並且擁有一只像是哆啦A夢百寶袋的布袋，讓故事一開始就充滿歡樂的趣味感。

第二段，小標關鍵字：布袋的東西哪裡來

是的，大家一定會好奇，布袋和尚那只神奇布袋裡的東西，都從哪來的呢？原來每次有人布施食物和物品時，他都只享用一點點，其他就放在大布袋裡，送給有需要的人。在本段也帶出布袋和尚生活的一面，四處行腳，隨遇而安，但總是隨時幫助別人，連下雨天旱都會提醒大家。

第三段，小標關鍵字：真正的佛法

很多人總是把佛法當做知識，用做學問的方式去學習佛法，布袋和尚看似流浪漢，卻是一位洞察人心的佛教大成就者。他以隨機教化，而不是用說道理的方式，開導一位僧侶，因為佛法重在實踐，而非說教。放下布袋就是放下煩惱，扠腰而立就是旁觀世事。這是佛教斷、捨、離的不執境界，布袋和尚以身教而教，帶給我們最好的啟發。

第四段，小標關鍵字：睡前的祝福

最後一段結語，雖然很簡短，但與開場呼應，孩子們在睡前總有無邊的幻想，需要一則美好的故事和人物，伴隨他成長，我覺得布袋和尚很適合取代虎姑婆，成為孩子們心中的童話人物，因為虎姑婆豢養著內在的恐懼，而布袋和尚卻是大肚能容，帶來歡笑。如果每一個孩子都能帶著布袋和尚入夢，相信這位未來的彌勒佛也會一直加持著每位未來的大人們，帶著美好的希望和溫暖，為世界帶來快樂。

Joyful 快樂
神奇大布袋

鄭栗兒

「哈哈……哈……」從街上傳來一陣陣洪鐘般的爽朗笑聲。

小孩們聽見了，趕忙從家裡奔出去，臉上掛著滿滿的笑容，大聲呼朋引伴說：「快點，布袋和尚來了！」原來是挺著大肚子，讓人看了忍不住莞爾一笑的布袋和尚出現了！

他的笑聲像磁鐵一樣，吸引著人們圍繞在他的身旁，大家都想看看布袋和尚這一回會從他揹著的神秘布袋裡，拿出什麼新鮮玩意？連躲在小巷底貧窮人家的小男孩，也禁不住好奇心，鼓起勇氣從破爛的小屋走出來，跟在人群的尾巴後面，踮著腳尖遠遠地看著胖嘟嘟的布袋和尚向大家親切問候：「各位鄉親，你們好啊！我又來了！」

所有的人也都敞開喉嚨回應著：「布袋和尚，您好！」

布袋和尚聽了又哈哈大笑起來，人群中一個老先生卻連咳了好幾聲，聲音沙啞地說：「我不好，我一直咳嗽，吃什麼都沒用！」

布袋和尚把手中的木杖擱在一邊，把背包放在地上，一旁的人們拉長脖子，看著布袋和尚手伸進袋子裡撈了一圈，然後取出一個木盒：「你吃吃看，這藥粉挺有效的。」

布袋和尚把木盒遞給老先生，老先生打開盒子，抓了一些藥粉放在嘴裡，清涼潤滑的感覺直透喉部，沒多久，口乾舌燥、一直咳嗽的老毛病竟然消失了。

他臉上露出神奇的表情：「真的耶！已經不咳了！」

其他人跟著歡呼起來：「布袋和尚的布袋太奇妙了！」

但布袋和尚的手沒有停止，他繼續從袋子裡拿出東西，一只木碗送給一位總是手抖摔破碗的獨居老太婆，一顆梨子送給一位愛哭的小女孩，一把紙傘送給不小心弄丟主人家傘的年輕丫鬟……。

帶給人們歡樂的禮物一件件從布袋裡送了出去，可是袋子還是鼓鼓的，好像一樣東西都沒減少似的。拿了禮物的人們漸漸散去，但那位貧窮人家的小男孩，還是怯懦地躲在後面，不敢上前向布袋和尚要禮物，他覺得向人開口要東西是很沒禮貌的事，可是他的心裡又很渴望能得到一件禮物，因為，他從來沒收過任何禮物。

他的心意似乎被風傳遞了出去，不修邊幅的胖和尚竟然往他這邊走來了，男孩嚇得身體都快抖起來，但布袋和尚的笑聲隨即溫暖了他：「哈哈……，孩子，別害羞，我今天可是專程為你而來的！」

小男孩慢慢抬頭望著布袋和尚圓圓的、慈祥的臉，小小聲地問：「您知道我一直在等您來喔？」

布袋和尚蹲在小男孩的身邊，從袋裡取出了一包米、一袋饅頭，連同一大把糖果，把它們交到小男孩的手中：「這些都送給你，希望你快樂健康地長大。」

小男孩手捧著這一大堆禮物，感動得都呆住了，因為他家的米缸已經沒米了，連剩菜也沒有了，眼看就要出去乞討度日，沒想到布袋和尚竟然送他這麼多食物。他開心地笑了！不只是他，街上所有的人也都笑了，像布袋和尚一樣開懷大笑，藏在每一個人內心深處的憂愁似乎都不見了。

這就是人們喜歡布袋和尚的原因了，布袋和尚總是笑呵呵的，隨時帶給別人光明和歡樂，解決人們的苦惱。無論大街小巷，城市或鄉村，到處都有他快樂的足跡。

「可是布袋裡的東西究竟是從哪裡來的啊？」躺在床上還沒睡的小男孩，

怎麼猜都猜不透。其他孩子們也一樣躺在床上想了老半天：「可能是他會變魔術吧！」

其實，每一次有人施捨物品和食物給布袋和尚時，布袋和尚自己都只享用一點點，其他就放在大布袋裡，送給有需要的人家。而且他隨遇而安，就算在冬季，臥在雪堆裡，也能夠安穩地睡一覺。最好玩的是，布袋和尚在外頭待慣了，連天空下不下雨，他都能預知一二呢！當見他穿濕鞋快走在路上時，別人就知道馬上要下雨了，出門要記得帶把傘。如果是即將發生旱災，布袋和尚便拖著高齒木屐，在市中的橋上躺著不起，大夥兒就忙著拿水桶儲水。

有一天，布袋和尚揹起他的大布袋，在街頭走來走去，迎面來了一位年輕僧人，有點垂頭喪氣的樣子。

布袋和尚停住腳步，雙手合十對僧人說：「小和尚，能否布施我一文錢呢？」

突然跑來了個胖嘟嘟的和尚擋在面前，年輕僧人不禁有點不悅：「可以啊！如果你能說出真正的佛法，我就布施你一文錢。」

這位年輕僧人一直搞不懂什麼是真正的佛法，覺得很困擾，所以總是一臉沮喪。他隨口問布袋和尚什麼是真正的佛法，心底卻不指望對方能說出什麼答案。

布袋和尚聽完後，什麼話也沒說，只將身上的布袋放下來，雙手扠腰而立。

年輕僧人看這胖和尚奇怪的舉動，原本怔了一下，後來臉上慢慢敞開笑容，最後他哈哈大笑起來，明白了布袋和尚所要教他真正佛法的意思，歡喜地從懷裡取出一文錢交給布袋和尚，並再三鞠躬致意，才轉頭離去，臉上一掃之前的陰霾。

原來，布袋和尚老早就看出這位年輕僧人的困擾了！他什麼話都不說，表示真正的佛法不是用說的，而是要去做。「放下布袋」是要他放下心中的煩惱包袱，「扠腰而立」則是學會旁觀世事，不要過於執著，如果能做到的話，那便是解脫自在的佛法真意了！

現在，布袋和尚收起他的一文錢，揹起了布袋，又往需要歡笑的地方走去了！在任何所在，只要看到布袋和尚挺著能容天下難容之事的大肚子，和他那一只奇妙的大布袋，那一天的夜晚，人們就可以安穩地入睡，內心充滿了快樂！

「祝大家都跟布袋和尚一樣快樂喔！」小男孩臨睡前最後這樣許願。

（摘自「大師密碼J」《神奇大布袋》，二〇〇七年法鼓文化出版）

五、不只是說

年輕男孩跟我說這一趟他騎單車去西藏、尼泊爾冒險的經歷，如何闖關進入西藏，忍受著高山症、腹瀉及膝蓋受傷，在兩三千公尺高山間上上下下地馳騁。

途中陸續出現的陌生友誼，陪伴他也幫助他克服障礙前進，甚至某一刻他決定放慢速度，不再盲目趕路或追隨目標，而是依照自己的感覺，停留在某個村落，投入當地風光，幫藏民採青稞，陪孩子玩遊戲學藏語……。在每次遇上困難時，他鍛鍊著自己危機處理的能力，同時冥冥中也有莫名的好運讓他順利過關。到了拉薩，他不是趕著去布達拉宮、大昭寺朝聖，而是急著去買一部二手機車準備騎到尼泊爾邊境。為期三個月的旅行，他和台灣帶去的單車都順利回來了，總共花了六萬元。他跟我說最大的收穫是：去之前的所有擔心，都隨著在路上的真實際遇而消失了，原來那些擔心都是多餘的，當然行前還是做了充足的準備。還有，當他決定不再跟著車隊（路上遇見的車友）前進，不受限於目標，決定一個人用自己的速度和方式完成時，突然他覺得一切都放鬆了，而且更清楚自己的方向。這段經歷很感動我，這要具備一種真實的勇氣才做得到。

我鼓勵他可以利用當替代役這段期間，把此次旅行的過程寫下來，將會是人生中最好的成年禮。後來他有沒有進行書寫就不得而知了，有些很特別的經歷不只是說，如果可以轉換為文字，就是一份獨一無二的紀念集。

我喜歡將朝聖的旅程出版成冊，既將感動分享給讀者，同時又是最好的回憶錄。但有些人天生是精彩的演說家，能言善道，憑著三寸不爛之舌，就能編織出宇宙洪荒，可是要將所說的話化為書句，就遲遲無法落筆。是的，不是每一個人天生就善於舞文弄墨。

還有一個情況是，說得十分興高采烈，一旦要寫時卻抓不到感覺，無法將經驗形諸文字。沒關係，只要你願意寫，先來個熱身，重要是doing，Just do it，可以使你成為真正的巨人，寫不好也沒關係，可從「重點式」書寫開始練習。也許首段的重點是「迷路」，接著是「遇上夥伴」……，寫作像一條河一樣，像水的流動，行雲流水，正是形容一篇作品的流暢性。靈感的流水你去激發它，就可以源源不絕地湧現，同時水是高處往低處流，也代表一種謙虛、無我的態度，一道瀑布慢慢形成一條河，又成為一座海洋，這就是寫作的智慧。所以，一定要練習細水慢流的態度，殷勤去寫，去創作，即使有點笨拙，也沒關係，不斷地寫，可以寫出內在的聲音和存在的真諦。

如果你真的說得比寫得好，又不知如何將所說形諸筆墨，在此有一個小撇步可以學起來，那就是按下手機的錄音鍵。把自己和別人的對話或訪談內容錄下來，然後整理出來，再寫成一篇採訪文章。這很好玩，因為透過採訪或對談，往往能激盪出智慧的火花，有助於完成一篇好文章。

如果你對當一名記者或採訪編輯感興趣，可以從生活中的錄音開始進行，當然整理錄音檔是一個辛苦的過程，但同時也很奇妙，我自己在許多次聽錄音做成文字記錄時，都覺得重新再聽一遍，好像和當時又有點不一樣，總能聽出那時沒在意的話語，唯一的遺憾就是打字的速度實在太慢，這也是聽打的耐性培養吧！

我給的建議是：不要只是說，那太可惜，試著去寫寫看，透過書寫你也在整理你自己，重新檢視某段經驗的意義，不要光說不練，虛浮不實會消耗你的生命，那就「不說光練」吧，做了（寫了）再說。

六、流水篇篇

每一棵樹都有它完美的樹形，過小的樹根承載不了樹的成長，過長的樹幹，營養傳輸太慢，或者過巨的樹冠，整棵樹容易壓倒。

德國森林保育學者彼得．渥雷本在他的《樹的秘密生命》提及，一棵理想的闊葉樹，應該要有筆直的樹幹，木質纖維均勻，根扎得又深又穩，在土裡呈幾何對稱擴散，擁有渾圓勻稱的樹冠，上頭的枝幹彷如往外舉向天空的壯碩手臂。針葉樹也遵循一樣的規則，只是樹冠的枝椏較平行或略往下彎。

依照數千萬年來的宇宙運行之道，樹木以它自己的神祕法則創立了樹的美學。除此，這樣的好處是，根部穩固，樹幹厚實，樹冠勻稱，都是為了避免一場暴風雨造成的破壞而瞬間傾倒。

不管你要運用什麼樣的規則去創造你的文章，一條魚的架構——開始、過程、結束；或是老祖宗的教導——起、承、轉、合，或者是沒有規則的任性書寫，最重要的是這篇文章「最終」呈現出來的美學。

流水帳，是很多人寫作會犯的毛病，《國語辭典》對此的解釋是：「沒有經過分析選擇，枯燥無味的敘述或記載。」如果你是以流水形式，經過分析選擇，而創造豐富閱讀趣味的敘述或記載，就不算是流水帳。

愛爾蘭現代主義作家詹姆斯・喬伊斯在一九二二年出版長篇小說《尤利西斯》（Ulysses）。小說以時間為順序，敘述一九〇四年六月十六日的十八小時內，廣告推銷員利奧波德・布盧姆在都柏林的生活經歷。透過一個人一天的日常生活和遊蕩發生，所產生內在的精神變化，細微刻劃出人類社會的縮影，悲愁與喜樂，英雄與懦夫，偉大與徬徨……。一個苦悶微小的都柏林小市民，如何與書名的希臘神話英雄奧德修斯（Odysseus，拉丁名為尤利西斯）相互對照。書中大量運用細節描寫和意識流手法，建構一個交錯而混亂的時空，形成獨特的語言風格，成為意識流小說的代表作，名列二十世紀百大英文小說之首。

很多人寫作，也喜歡採取意識流手法，但這是一門藝術，你知道該在哪裡停，而不是流水篇篇，不能見好就收。一再呢喃有其韻律，但囉嗦就令人難以忍受，呢喃和囉嗦的差別，就在於前者是經過分析選擇，後者已經落入枯燥無味。

當然，創作者總有意猶未盡的時候，但不必在同一篇文章中糾纏不清，同樣素材可以另起爐灶，比如在上述我撰寫《大師密碼》後，覺得有些特別的禪宗故事，富含深意，是孩子無法體會的，可以再延伸書寫，做為現代人解憂慮、點困惑的安心之道。於是我重新創作四十五則以禪宗人物為主的公案故事，於二〇一〇年出版《我心不安》（後改版為《退步原來是向前》），同樣一篇敘述布袋和尚的故事，針對兒童與成人而有不同的表現方式。最後我建議：最美的（道理）是無說之說，若真正要說，就以簡潔為要，多餘的一句都不必要。

退步原來是向前！

鄭栗兒

要下雨了！古老的城鎮吹起一陣風。

胖胖的布袋和尚，手拿禪杖，揹著一只大布袋，穿著一雙溼草鞋，在路上急急忙忙地行走。人們一見他這樣慌慌張張，便知道豪雨要來了，趕忙收拾農具從田裡躲回家中。

布袋和尚的天氣預告非常靈驗，要是即將乾旱，就會見他拖著高腳木屐，伸直膝蓋躺在橋上。這時，農民就要準備儲水了。

布袋和尚怪異的行止不僅於此。

有一回，下了好大一場雪，山林和街巷皆融入白茫的雪世界。

孩子們躲在家中，看著雪慢慢從天空降落；頑皮一點的大孩子，則偷溜到戶外打雪仗，玩得好不開心。

忽然雪地傳來驚叫聲：「有死人！」

大人、小孩全都從家裡跑出來看熱鬧，只見雪地上躺著一個胖子和尚。孩子們一看是他們的好朋友布袋和尚，趕緊用手搖他：「布袋和尚！你醒醒，可別凍死了！」

平常布袋和尚都會從大布袋裡倒出許多零食，分給孩子們吃，然後站在一旁呵呵地笑著，所以孩子們特別喜歡他，也愛和他一同玩耍。

他的大布袋很神奇，總能藏不少東西，分享給窮人和乞丐。因為每次人家送給他的食物，他都只吃一半，然後把其餘的放進袋內，再分給他人享用。

現在布袋和尚躺在雪地上，好像睡死了一樣，奇怪的是身上竟沒有任何的雪印，還一副睡得很熟、很舒服的樣子。

被孩子們搖著搖，布袋和尚終於睜開眼睛，發現這麼多人圍著他：「我昨晚太累了！只好睡在地上，吵到你們了嗎？」現場所有的人皆訝然無語，布袋和尚在雪地裡待了一整夜，竟然一點都沒事。

接著布袋和尚起身，拍落身上的雪花，向大家告別：「好啦！我要去化緣了！後會有期。」然後揹起他的大布袋，又前往社會的各個角落行慈化世去了。

春天時候，附近一處農家趕插秧，卻人手不足，布袋和尚自告奮勇地去幫忙。

頂著灼熱的大日頭，布袋和尚並不喊累，插完秧後，接受了農夫的供養，布袋和尚特地為他開示一首偈子：「手把青秧插滿田，低頭便見水中天；六根清淨方為道，退步原來是向前。」

這首詩道盡為人處世應有的態度——農夫將一株株青色秧苗插滿田間，低頭插秧時，看見田中水面倒映的天空，為人若是謙虛柔軟，能夠低下頭來，自然擁有一片海闊天空；而當我們眼耳鼻舌身意六根清淨，不隨外境起舞，不受外界物欲引誘，便是契入真正的道；在插秧時必須一步步退後，才能把秧苗插好，意味著凡事肯退讓一步，表面上看起來雖然吃虧，事實上卻是進一步向前。

有位福建的陳居士曾問布袋和尚的法號為何，布袋和尚回答：「我有一布袋，虛空無罣礙，打開遍十方，入時觀自在。」又問他的行李呢？布袋和尚又說：「一缽千家飯，孤身萬里遊；青目睹人少，問路白雲頭。」

布袋和尚圓寂後，他留下一首佛偈：「彌勒真彌勒，化身千百億；時時示世人，世人俱不識。」

眾人才明白這位大肚能容天下事的布袋和尚，原來就是彌勒菩薩的化身。

（摘自《退步原來是向前》，二〇一〇年好讀出版）

七、猶豫再猶豫

有一則關於朝聖的寓言，一位很虔誠的信徒一直想去某個聖山朝聖，據說那裡會出現殊勝的佛光，有緣目睹佛光的人就有開悟的機會。這位信徒想去朝聖很久了，但因為俗事太多，一直沒有出發，總有很多事情絆住他踏上朝聖的旅途。比如奉了父母之命娶了媳婦，結了婚，要賺錢先買個房子安頓妻子，然後兒子出生，要忙的事情又更多了。這樣一年年過去，終於有一天老婆帶著孩子回娘家住幾天，工作也可以暫時歇下，他決定抽空去一趟聖山。

但出門時又發生點狀況，才出村就遇上一名鄰居說，過兩天可能有場暴風雨來襲，他又開始猶豫要不要出發呢？前往聖山的六十公里路程，如果搭車不用半天就可以抵達，但他身上沒有多餘的錢，只能用走的，「還是我等暴風雨過了再出發？」

他轉頭返家，一回到家，發現灶裡的薪柴沒了，他趕忙去砍柴，再看米缸也是空空的，又趕著去買米……，忙了幾天後發現暴風雨根本都沒來，他決定無論如何一定去朝聖，正要出門時，看見妻小已經出現在門口，妻子很開心地對他說：「親愛的，我們提早回來了，因為你又要當爸爸了！」

雖然只有六十公里的路程，但這位虔誠的信徒始終沒有去到聖山，更別說見到殊勝的佛光。

總有一堆生活的俗事阻止你去做想做的事，也阻止你去寫作，你必須怎樣怎樣，為生活如何如何，但真的有這麼困難嗎？有必要如此猶豫再猶豫嗎？還是這只是一個藉口，自我設限。或者一直說我要寫我要寫，轉個身，另件更吸引人的事又把你拉到別處去了，不是看電視就是滑手機，這是現代人的通病，永遠有更吸引人的事讓你分心，總有一堆藉口阻止你專心去做一件事。

很多寫作的人習慣安靜地沉思，浸淫在自己的異想世界，《從A到A⁺》的作者詹姆．柯林斯也會固定給自己一個「空白的日子」，關掉手機和電子郵件信箱，沒有約會和會議，無所事事地迎接靈感之神的降臨。這是必須的，如果你要寫作，半調子一定不能成功，唯有全心全意待在那個絕對寧靜的狀態，整理自己紛亂的思緒和生活的種種，你才可能在生活的零碎中採拾一點點智慧的瞥見。

寫作其實是最好的自省，最好的去除噪音的時刻，我們總被太多的聲音給干擾，太多的事情給分心，而忘失生命的理想和目標。寫作往往是伸入內在深處的一只探照燈，可以讓我們找到真正的自己，所以設法給自己一個安靜的時刻，一個不被人找到的空間，一個屬於自己的時空，屬於你的小宇宙，在那裡你可以創造你的萬花筒，創造說不完的故事，創造你的神話。

那麼，我也給你一個建議：寫作是最棒的安靜時刻，每天給自己反省、思考、尋找自己的安靜時刻，就算只有半小時，你就已身在聖地了！

八、素材貧乏

我們去到哪裡旅行，總是會被某一道風景給吸引，比如「天空步道」是多迷人的一個詞，一條在天空中出現的步道，帶著神奇、冒險，像阿凡達的世界般，任人徜徉在天空之中，與鳥一般高度，觀看四周綠意蔥蘢的原始森林，腳底也許是一條驚險的滔滔溪河。但有次去某個天空步道時，卻令我頗感失望，因為完全與想像不符，眼前只出現一條單調的吊橋，連結溪谷兩側……。當然每個人喜歡的風景都不同，想像也不一，但說得再好聽的廣告詞，沒有親自去使用商品，親臨其境，就不知真假究竟。

同樣地，一篇文章，有再美的標題，堆疊多少華麗詞藻，但如果素材貧乏，內容空洞，且缺乏作者的經驗，讓人感覺言之無物，就會像一條令人失望的單調吊橋，不知該繼續走下去，還是乾脆回頭。

近年來，城市書寫風潮盛行，我也為故鄉基隆寫了一本《基隆的氣味》，

這些年來基隆給人感覺落後又沉寂，完全失去過去海港城市的榮光。做為一個基隆女兒，希望能透過在地深入的眼睛，帶領大家從不同的角度去觀看基隆，不管是從山頂眺望無限的海洋，或是在岸邊聆聽海潮的聲音，還有一些特色咖啡館和小吃……，都是基隆獨一無二的氣味。

書出版後，應邀到基隆好幾個學校演講，也帶領多場作家帶路導覽的小旅行，並引導學生如何重新去認識自己的城市。我以「喜歡基隆的十個理由」為切入點，讓孩子們勾勒出這個城市的面貌，藉此累積豐富的素材，做為創作時的運用。同時也分享：我為什麼寫這本書？基隆是怎樣的一個城市？基隆人是怎麼樣的人？基隆的氣味是怎樣的氣味——海水味、雨水味、人情味和食物的美味，就是基隆獨一無二的氣味。當然一個城市有好有壞，所以也表列「不喜歡基隆的十個理由」，讓大家進一步深思這個城市可以進步的地方。當然絕大部分不喜歡基隆的理由都是「下雨」，而這就是這個城市獨一無二的特色，只能轉個念說，「全世界撐傘技術最好的就是基隆人，雨傘是基隆人必備品……」與我一起寫作本書的作家鄭順聰，在書中就特別提到：「基隆人處理雨的技術，簡直出神入化，他們隨身都會帶把雨傘，使用過後，雨水定能瀝得乾乾淨淨，然後將傘骨理好，傘布摺疊整齊，猶如拿尺量過，美得如花朵的收闔。」經此轉換，就成了基隆的趣味了！

所以一篇文章最重要的，並不是寫好的一面或不好的一面，而是如何將素材豐富化，帶入自己的觀點，這樣即使是家常番茄炒蛋，也能炒出一番特色。在此，我的建議：言之要有物，在寫什麼之前，先下個事前準備的工夫，好好搜羅相關資料，同時最重要是自己經驗和情感的提出。

在歲月中流轉的生靈故事——基隆中元祭

鄭栗兒

一如往年，基隆中元祭總在每年農曆七月初一登場，在三十結束。

基隆其實沿襲許多日本殖民的生活型態，無論在飲食，像是咖哩飯、天婦羅、生魚片、壽司、味噌湯、便當夾一片黃蘿蔔或是隨處可見的居酒屋小攤；還有服飾穿著也一定要跟上日本當季流行，從孝二路整排委託行街櫥窗掛的亮眼新裝，即可窺見端倪。基隆人不管雨下再大，也要把自己打扮得像一個日本女人，這是我媽媽那一代的美學觀點，化妝是一種基本的禮貌；而每年一度的鬼月中元節那種遊行排場更直媲京都的祇園祭。

說起來，基隆每年最熱鬧的不是跨年晚會，年輕人都跑去台北一〇一看煙火，也不是春節過年，全城人大概消失了一半以上到外地度假旅行，但到了農曆七月十四晚，中元節遊行和海濱放水燈可就是沸騰一時、人鬼共歡的年度祭典盛事。

基隆的中元祭最早起源於清代，為了平撫福建漳州人和泉州人之間因利益衝突而衍生的大規模械鬥，造成死傷慘烈，後來雙方大老出面協調，將兩邊死難的骨骸合葬祭祀，稱為「老大公」，廟名為「老大公廟」（位基隆樂一路76巷37號），彼此協商按照姓氏輪值主普，從此漳泉融合，輪流舉辦中元超度儀式，普施一切孤魂幽靈，從一八五六年開始舉辦，至今已近一百六十年。

也許不是所有基隆人都明白中元祭的由來和典故，但對於這個祭典都十分重視，因為要拜好兄弟的緣故，就算平時不燒香拜拜的人，也多半會在農曆七月參加社區或宮廟所舉行的普度祭祀。在基隆人的想法是，每年農曆七月是好兄弟們出來透氣、接受施食的一月，從初一開始到三十的每一天，陸續都有人家擺桌敬拜好兄弟，鄰里或社區也會拚桌盛大祭拜，晚上則一起吃辦桌，順便祭自己的五臟廟，和鄰居們聯絡感情。

拜好兄弟，你可以說是一種求平安的迷信，但我覺得這是基隆人的一種慈悲心，想到那些可憐的孤魂野鬼無人祭拜，所以在這一個月準備供品和紙錢，給好兄弟們年度補給，這些從小到大養成的善心善意，也成為基隆人的一種人情味。像我每一年都要打電話給母親，討論今年拜拜的時辰和要準備的菜色，母親不忘提醒我記得購買給好兄弟洗手洗臉的臉盆、牙刷、肥皂、毛巾和化妝的粉……。母親年紀更大了後，索性就和社區或附近宮廟一起拜，沒空準備供品時，繳五百元，就可領回米、醬油、罐頭……，這種看似一般的民間習俗，正是基隆的人文與生活之趣。

幾乎每一個基隆小孩，都有機會參與中元節的遊行行列，不管是天晴或天雨，都要在那個夜晚走遍整個基隆市區，到半夜望海巷放水燈部分，就交給主普和各宗親負責人，遊行的大人、小孩終於可以歇歇腿，我曾經在國中和高中時各參加過一次遊行活動，真的走得腳都快斷掉了。

早年遊行還是各宗親準備的花燈車和車鼓陣頭，近年來逐漸觀光化後，加入了國外的一些歡樂元素，扮鬼狂歡或者重機車隊、直排輪、舞蹈、鼓隊……等等，遊行的隊伍往往愈走愈長，因為走到後來，不是脫離前面的速度，不然就是表演太久，形成壅塞。拜拜是每一年大家都會拜的，但不是每一年我們都會去看遊行，除了避免街上人擠人外，想看的話，打開電視也有立即實況轉播。

有一年輪到我們鄭氏主普，當時主普壇才剛從忠四路遷移到中正公園，當主普時有一種很神氣的感覺，除了遊行隊伍排第一個外，還可以登上主普壇，當然也要多花一些經費；每一年我們都會從主普的排場與陣仗，討論這個姓氏宗親的來頭和「錢」勢，有些大姓或地方政治家族，像是謝姓或林姓，輪到他們主普時，陣仗就不小了，整個遊行隊伍落落長的一串，花燈車也擺飾得特別好看，配合龍鳳造型或是該年生肖的動物，妝點得無比華麗耀眼，站在花燈車上仙女扮相的女孩，向底下的群衆一一揮手致意，猶如真的仙女下凡一般。

忘記了那一年鄭姓主普的遊行隊伍是怎樣的氣勢和呈現，印象中最深刻的是爸爸帶我去中正公園的新主普壇，通常農曆七月十二日時，主普壇就會開燈放彩，一直開到整個農曆七月結束，我們站在現在看起來有點落伍，當時卻帶著宮廷氣息的新建築樓頂上，環視整個基隆港和中正公園，小小的孩子心裡升起一種莫名的驕傲感：「我可以站在這裡看世界。」感覺我爸爸也變得好巨大、好了不起！可以參與主普宗親這麼重要的地方活動，也讓我與有榮焉地站在這個地方，而且不是任何小孩都可以上來的。

我父親是一個很穩重、有鄉紳氣質的人，很少說粗話或莽撞行事，他帶領的碼頭工人有的很粗俗，喝了酒就亂說話，但我父親對他們很有包容心。只可惜碼頭逐漸沒落，中年時他不得不把牌照賣掉，雖然也在區公所擔任三十年的調解委員，贏得許多敬重，但說起來，我父親一生終究沒有按照自己的意願活出自己的人生，都是在營生中委屈真實的自己，那一年我和父親一起站在主普壇上，分享著一種榮耀，對我或者父親來說，是很特別的一刻。父親已經離開多年，留給我的記憶裡，這一幕也是永遠不會忘記的一刻。

最感人的一幕是我的奶奶在得老人癡呆症的前一年，不知為何一直嚷著要看遊行，那是一九九一年的夏天，祖母已經八十多歲了，來到住在田寮河旁延平街的二哥家時，就說她很久沒看放水燈了，今年她想看看。對老一輩的基隆人來說，看放水燈遊行是一件很正式的事情，不僅要穿著隆重，很早就要去街上卡一個好位置，有一個好視野看熱鬧，並去感受這份儀式的內涵，對鬼神的敬重，同時祭典也代表著無聊市井生活的一個活潑插曲。老一代的基隆人很喜歡拜拜，拜拜不但可以求平安，還可以品嘗豐富的筵席，最重要是慶典的歡樂感，帶給自己和家人的那一股莫名的喜悅。

我的奶奶是一個堅毅的女性，一生守著一個大家族，依賴著孩子，過著儉約的生活，所以她很懂得如何打發平淡的日子，也很少會向子孫要什麼，那一代女性所具有的溫良恭儉讓的品德，我祖母一應俱全。雖然如此，她懂得獨立自處、自得其樂，卻不曾有過真實的幸福和安樂，一直擔心子孫們的生計安不安穩？賺不賺得到錢？那麼多的子子孫孫，用台語來說：真是一串肉粽！祖母的憂煩是沒有落幕的一天。祖母特別疼愛我和哥哥姊姊們，我們也都很愛她，她真正內心的需求，也只會對我們說。

於是，一九九一年夏天農曆七月十四，天氣燠熱的夜，我頂著五個月的大肚子和哥哥、嫂嫂陪著奶奶在田寮河邊站了一晚，等待川流而至的遊行隊伍緩緩經過，遊行隊伍從港邊市區忠一路開始走到田寮河信一路時，已經接近尾聲了，但還是聚集不少觀賞的人潮。祖母穿著一襲夏天的中式長衫，手搖著扇子，看著眼前這番舞龍舞獅的熱鬧場景，加上一輛接一輛的絢爛花燈車，目眩神迷而忍不住笑顏逐開，我們都像個孩子一樣開心。祭典也是一種慶典，慶祝生命總是因為愛而完成。

隔年，祖母就完全退化變成真正的孩子了！她愈來愈不認識我們，到後來也不認識她自己，每每回想此事，我內心就好慶幸，陪伴祖母看了她生平最後一次的中元祭遊行，圓滿她的心願。這以後，再去看遊行，就是和先生帶著孩子們去觀賞了，先生將孩子舉在肩上，讓孩子可以穿越擁擠人群看清楚表演，那一幕也應該是父親與我共同的經歷吧！

生命或者世代，就在一年年基隆中元祭典中逐漸交替，每一年的中元祭推陳出新，同樣地我們也一樣隨著新時代的命運之輪前進，我已經很久沒去看中元祭遊行了，對我來說，它就像是一個過去的印記，當然也可能在未來重新再刻印，日本女作家壽岳章子在她的《喜樂京都》書中，談到祇園祭宵山不可思議的魅力，在大汗淋漓穿越雜遝的人群時，腦海閃過一個念頭：「活在歲月的流轉中，真是一件有意思的事啊！」

是的，歲月流轉間，讓我更明白生命真的是一則則故事，你願意如何書寫，完全是你的事。而中元祭是無數生與靈的故事交會，在靜樸的雨港生活迸出一抹璀燦的煙火，照耀出生命的價值，有一點奇幻，也是每一個基隆人會說的故事。

（摘自《基隆的氣味》，二〇一五年有鹿出版*）

註：

* 本篇在《聯合副刊》刊登外，亦入選為《十字路口——台灣散文2015》（人間出版）

九、譁衆取寵

在米蘭・昆德拉《生命中不能承受之輕》中，捷克女畫家薩賓娜曾憤怒地說：「我的敵人是媚俗。」薩賓娜總是不顧一切地試圖逃離人們要強加在她生活中的媚俗：「她一生都宣稱媚俗是死敵，但實際上她難道就不曾有過媚俗嗎？」小說中又這麼反問。

寫作需要媚俗嗎？需要迎合潮流嗎？這是見仁見智的問題，但總有一件很重要的事，不要過度譁眾取寵而失去自己的特色。建立自己的風格是很重要的，我們不可能每一個人都是村上春樹，也不可能每一個人都是米蘭・昆德拉，重要的是發展出自己的文學魅力，而不是模仿抄襲。這世界有人喜歡你的文章，有人不喜歡，這很正常，你應該把注意力放在如何寫出一篇好文章，而不是追求掌聲鼓勵。

「有時候，我覺得人類最特出的才能——即用字遣詞的能力——似乎感染了一種瘟疫。」對於語言表達的平庸化，變成一種自動化反應，如瘟疫一般，卡爾維諾認為唯有文學才能產生抗體，文學所應著重的簡潔、清晰、俐落、犀利，如同羽毛般精準，才能衡量靈魂的重量。

不論是米蘭・昆德拉的厭惡媚俗或卡爾維諾講求文學的精準，都是同一個目的，文學應該表達更崇高的價值，而不是流於庸俗，流於形式，或流於賣弄，成為商業化的產品而已。商業化不是問題，但若是為了商業化，而過度商品化了作品，就限制了文學本身更崇高的價值。

在此，我也提出：去做你想成為的自己，建立自己的文字風格，永遠是文學創作或是人生中最神奇的過程。

十、不喜歡寫作

寫作最大的障礙就是不喜歡寫作，就像有人不喜歡閱讀，有人不喜歡看電影，有人不喜歡狗，有人不喜歡運動……，當然你可以不喜歡寫作，但如果你必須作文，也許本書的附錄：「十個寫作入門」可以做為參考，試著寫寫看，當做一場文字遊戲，通往你的心靈。其實很多人不喜歡寫作，還有一個很重要的原因——怕洩露自己的內心世界，怕被窺視，但你總可以透過寫作去發掘眼前的一沙一世界，去欣賞周圍的萬事萬物，再不然就做為自己內心的獨白或亂語靜心，你可以不用發表，只給自己細細閱讀，靜靜體會。我給的建議是：人生有很多事不見得一開始就喜歡，但給自己一個機會，先不管喜歡或不喜歡，就只是寫，試試看。

我的文學評審標準

台灣有各種大大小小的文學獎，有報紙副刊或文學雜誌、出版社主辦，也有各城市文化局或各大專院校主辦，有些作家長年以參加文學獎，做為對自己創作的肯定，當然豐厚的獎金也是很重要的，算是支持自己持續創作的實質贊助，有更多寫作新秀則是透過文學獎一躍成為作家，爭取讓自己的作品有出書、曝光的機會。

文學獎的寫作和書籍的寫作方式，還是有很大的差異，文學獎要在限定字數內，達到整體的文學水準，而一般書籍的小說、散文等，有更多的空間可以展現，同時書籍容許更多的通俗性，類型更廣泛，而文學獎既取名為文學獎，就得符合一般較為狹義的純文學定義，當然也要看每一位文學評審的閱讀品味與審度標準，評審們有各自的堅持，在討論會上出現意見分歧情況也常有所見，而隨著時代的變遷，文學獎題材類型也更加開放，但可惜的是台灣整體文學由盛而衰的局勢是顯然可見了！

擔任各種文學獎評審多年的我，對於文學獎的入選標準大約有以下的看法：

低標準：完整性，整篇通暢流利。

中標準：優美性，能巧妙地傳達情感思維。

高標準：獨特性，能以出人意表方式呈現獨特的見解，並創造豐富的閱讀樂趣，建立自己的風格。

就以第八屆基隆海洋文學獎短篇小說類，我的評審意見為例：

本屆海洋文學獎來稿，整體素質有一定水準以上，亦能多元呈現海洋文化的特質，訴說鄉情，以及人文風光：比如〈漁村世家〉、〈行船之夢〉、〈深海世界〉或是基隆各地特殊景點的介紹。皆透過行文表露無遺，如能更不著痕跡地引述而出，會更適宜。

就所有參賽者的來稿而言，尤其入選作品，在文字感方面，大致有相當程度的文學質地，用詞語彙流暢不俗，一開始的切入也有不錯的文學技巧，然結構鋪陳則有待進一步加強，多有虎頭蛇尾以及缺乏出人意表的結局，顯示對文章的駕馭缺少整體規劃，寫文章跟作曲一樣，要有通盤的考慮，信手拈來的靈感外，也要善於運用巧思，讓它有更完美的結局。

本次我評選的標準為：

一、完整性，能好好說一篇故事，五十％

二、文字與技巧，具有文學層次，三十％

三、創意與情感，能讓人閱後有所觸動者，二十％

對於以下幾篇得獎及入圍的作品，建議為：

◇首獎〈聖薩爾瓦多城〉：富有神話似魔幻的想像空間，也能善用隱喻，第一眼就能吸引讀者的眼睛，但是情節略顯跳脫而缺乏邏輯，就算是作者設想的邏輯也要盡量清楚地傳達，另結尾段落也過於匆促。雖然如此，我還是很喜歡本篇所傳達出來的整體文學氣息，極富想像空間的史詩風格，且能與文章主題〈聖薩爾瓦多城〉相扣，讓我們對基隆的和平島有更進一步的歷史體認。

◇優勝〈逆光飛行〉：本篇的敘事結構很完整，開頭第一句就很動人，「尋找愛的跡痕」為通篇貫穿的主軸，也想知道自己死去的孩子在投入令人恐懼的深水中，究竟發現了怎樣的生命與宇宙，如此令他迷戀癡狂，海底世界亦是孩子的內心世界，如今他離去了，還留著一片海的祕密基地，可以讓他與之相逢，進而克服了「自己」這個最頑強的敵人，頗富深意的一篇，題材雖然寫實而通俗，卻也經營出一篇餘味無窮的心靈小品。

◇優勝〈我所說的話〉：以丹麥小美人魚被運送到世博會展覽為題材，描述女游泳教練小虞與之交會的過程，並對於小美人魚的離岸、離鄉遭遇寄予同情，其哀傷之歌更敲打在自己脆弱的心靈上，一開始的鋪陳撲朔迷離，讓人有好奇之感，逐字追蹤而去，可惜後面女主角對人生現實的衝突性，還是太莫名了些，帶著存在主義的味道，但又太荒蕪了些，這點又落入俗套了！不過整體而言算是一篇頗具巧思的佳作。尤其我很喜歡一開始車內小女孩望著窗外美人魚的那份驚訝：「你怎麼會在這裡？」帶出全篇的重點：你怎麼會在這裡？我究竟應該在哪裡？小美人魚不僅不應該在世博，也不該在丹麥的港口吧！她應該在海裡悠游，而小虞她又應該在哪裡呢？哪裡才是她的歸處。每一個人都在尋找著生命的出口，我希望有一天作者能找到，屆時再重寫此篇時，應有不一樣的境界和情調。

◇佳作〈拍案驚魂〉：本篇是唯一以海上遇難為題材的情節，也是來稿中陳述相當完整的一篇，它的文字流暢清晰，簡潔有力，將人無法抵抗自然力量及尊敬自然、臣服自然的真理，表達得相當鮮明透徹，尤其人物的刻劃相當傳神，是一難得佳作。

◇佳作〈塗佛〉：這一篇類似日本電影《送行者》的〈塗佛〉，又有印度象神的借喻，也是篇有意思的文章，但鳳姐這樣富有戲劇性的人物與遭遇應可多加著墨，而非幾句帶過，後段誇張式的非現實情節，應再加以修飾，如能以夢境方式呈現較為理想，以免令人有突兀之感。這點也是諸評審覺得可惜之處，也因此從優勝名單中落入佳作。

◇佳作〈露一半屁股的海〉：這篇的一開場帶著點黑色幽默的趣味，我很喜歡女主角海韻的那種調調，但後面又掉入舊式悲劇俗套了，若能通篇維持這樣的黑色幽默調性，用詼諧的角度、更抽離地去描述女主角海韻過往紅包場及失去所愛的人生，可能會有很高的文學性及閱讀性，而且人物之間的情節及角色關係交代得太複雜，讓讀者容易產生混淆。

我個人認為的遺珠：

◇〈單車〉：老實說這篇文章的文學性是最弱的，但所流露出的兄弟之情卻是讓我覺得最感動的一篇，它以平凡的字句描述早年貧苦人家的兄弟情深，為探視受傷的哥哥，兩兄弟如何騎腳踏車辛苦跋涉整個台北，再到八堵礦工醫院，途中因饑餓而吃掉了偷摘的芭樂，讀起來很有鄉土文學中小人物的故事感，結語有些畫蛇添足，若能回到一開場大哥此刻癌症探病現場收尾即可。

◇〈NANA〉：本來這篇我不想選，但因為〈NANA〉的篇名和它接龍式的情節，讓我覺得還是有其閱讀性，而進入我的初選名單。尤其查號103台尋人那段很有趣味性，只可惜情節的敘說從A→B→C……，寫到後來作者都忘失最初的尋找，尤其第三段計程車司機的描述，情節多到超過尋找者和被尋找者，故事從這裡起就開始弱掉了，而對小說敘述的主軸未有一清楚明白的總結，也沒給讀者一個交代，相當可惜。

從以上的評語中，我對文學獎作品（小說和散文）最基本的要求就是完整性（百分之五十），也就是能好好說一篇故事，文章的布局、結構要能穩固扎實，順敘、倒敘、插敘都無妨，如果是自己寫得開心不必別人懂我、理會我，那麼就自己寫寫日記，發表部落格即可，很多人誤以為寫得晦澀、曖昧、混沌、模糊、顛三倒四就是高深莫測，就是文學藝術，但其實是自己無法駕馭行文，要知道即使晦澀、曖昧、混沌、模糊、顛三倒四，是更高級的文字鋪陳手法，但一篇好文章必須具備完整的結構布局，留有餘味，前後呼應，乃至隱喻用得恰到好處，行文優美，詞彙動人，抒發情意，就是文字技巧的功力了。

文字技巧提升了文學的層次，但不是每位創作者都有這等的功力，有的創作者只顧及華麗的美文，拼湊的詞藻，或寫了半天不知繞到哪裡去，這都是未顧及旨意和結構，所以我給完整性50%，能做到就算達到低標；接著就是優美性30%，能以熟練的文字技巧和行文傳達情感思維，是屬於中標。最後是獨特性20%，能展現文學創意，表達獨到的見解和特別的文學形式，創造閱讀的豐富感，乃至建立自己的文學魅力與風格，這就是非常難能可貴的高標了！

趙無極的十二堂繪畫課與文學之相關

某次，在一場關於文學創作的演講中，我以「趙無極的十二堂繪畫課」主題做為文學創作的準則，因為這十二則繪畫的提醒，恰好也適用於文學的創作，可見藝術不管是在繪畫或是文學表現上，都有其共同的美學觀點。

一、少就是多：從微小的一朵花，呈現整個天堂之境，在少中看到多，精準、簡潔、無贅的行文，蘊藏包羅萬象的宇宙視野，就是最高妙的境界了。

二、看整體，不是小趣味：文章要有整體感，延伸敘述與情節變化都在整體之中，不流於過度的細節，或只著墨在小趣味上，而忘失主景與背景都是一體的。

三、重要的是節奏：文學的反覆、重疊、對比、襯飾等等，都是文字的旋律，行文的節奏有如曲風般，行雲流水或澎拜激昂……，起伏之間，展現文學的張力，不流於單調。

四、要能呼吸：一篇文章鬆緩緊湊，有令人興奮的高潮，亦有低迴不已的細語。呼吸既代表活著，一篇會呼吸的文章，無論起承轉合，也正是靈活生動，充滿生命的情感與禪意。

五、用自己的眼睛看世界：作者要用自己的眼睛和觀點去看世界，不是人云亦云或迎合潮流，如果對眼前的世界視而不見，那麼絕對無法完成獨一無二的作品，因為每一刻都是獨一無二。

六、要找自己的麻煩：寫作者不斷地修校、潤飾，讓文字更洗鍊，架構更有力，去蕪存菁，創作一定要不厭其煩，磨練耐性，才能孕育出動人的作品，千萬不要虎頭蛇尾。

七、膽子要大，觀念要新：寫作要有新的觀點，要能大膽去書寫，女性文學、同志文學、奇幻文學……，都是新觀點轉變，帶領新的文學風潮，盡量去創新，盡量去表現，你不會損失什麼。

八、體察內心的需要：創作者一直說內心想說的話，從體察內心的需要，轉為創作的動力，每一個創作者都有高潮、低潮，要能維持在逆境中的勇氣，堅持創作不輟，一直為自己發聲。

九、忠於自己，不要自欺欺人：如實誠懇地面對自己和自己的作品，能做到什麼程度就是什麼，但不因此而放棄創作，就像和尚每天敲鐘誦經一樣，每天都持續創作，就是最好的修行之道。

十、遠離低級趣味：堅持自己的品味與風格，創作有人欣賞，有人不欣賞，都很正常，不要為了追求認同而屈就自己，更不要因為別人的讚賞，而喪失真正的自己。

十一、不要抄，要消化：一旦模仿，就會忘失自己，閱讀別人的文章，是去理解對方的心境，欣賞作品的藝術，懂得去消化，不要抄襲，試著閱完後，放空自己，書寫另一篇出來。

十二、面向你的時代：每個時代都有其不同的文化觀點和表現，創作要了解你的時代，面向你的時代，展現這個時代的面貌，即使是歷史或復古，也是隨著你的時代而呈現的新風格。

（本篇標題參考臉書文章〈東家畫廊發表：水墨白美學私塾〉，二〇一三年五月七日）

卷二

訂下寫作的修行足履

古埃及人以羽毛衡量靈魂的重量，輕盈的羽毛就是天秤女神瑪特，千年以來，羽毛筆始終是歐洲最主要的書寫工具，因為總希望我們書寫的文字化為羽翼，飛翔到天際。書寫象徵我們的靈魂高度，文學更是一雙美麗翅膀，帶領我們穿越時空，遨遊寰宇。我們無法走遍全世界，但我們可以經由文字閱讀全世界，乃至進入另一個奇幻的世界，這就是語言神秘的魔法。

如同趙無極大師所說：「繪畫問題是一生的問題，但問題總是不斷地產生。做一個畫家，就得接受週期性陣痛，今天或許高興，明天可能痛苦，但是絕不能失望。……作畫的力量從未離開過我，我也從未逃跑或放棄。繪畫是一輩子的事情，像做和尚一樣，要不停地畫，不停地畫，一天都不能停。」

寫作也一樣，是另一種孤獨的修行，寫作會有很多必須克服的問題，但寫作又是多麼打開眼界的方式，透過文字去深入自己的內在，認識有意思的人，閱覽無限風光，記錄時代的變貌，傳播知識和文化……。

廣欽老和尚有一句話很美：「工作再忙，也要保持一顆平靜的心。我們工作是在修心，並不是為了工作而工作。」藉以教導弟子們任何時刻都要保持覺知，保持靜心。

不管你把寫作視為工作，或是喜歡做的事情，也期待你經由寫作去磨練你的心，一篇文章的完成亦是一場心的煉金術。點石成金的，正是你不斷地書寫，自我修煉，就在今天，啟動下列寫作的修行足履吧，讓我們不僅僅揭露黑暗面，更為這個世界書寫美好，讓我們不僅僅深掘創傷，也願從黑色的隧道看見一線光，慢慢朝光前進，走出來，朝向光明的所在。活著總要有希望，總要有愛，這才是逆境與挫折帶給我們的意義，也是寫作帶給我們的意義。

每一天的靜心時刻

放著心愛的音樂，巴哈的《平均律》悠緩地在挑高的室內響起，我還得先煮一杯咖啡，牛奶在小鍋上熱著，開水濾過的咖啡豆正冒起呼吸般的氣泡……，手握著親手燒煮好的拿鐵咖啡，裝在我喜歡的美人魚玻璃杯，經過無人客廳，落地窗外的綠色樹林隨風搖擺，跟我打招呼，我順道看一下今天下雨了嗎？還是出太陽的好天氣？然後步上二樓書房，在書桌就定位後，打開電腦，等著開機的片刻，先啜飲一口咖啡，品嘗來自非洲的味道，接著就進入我的寫作時間。

金牛座熱愛平凡與享受，喜歡穩定生活，每一天的寫作時間就是金牛座的我最愉悅的一刻——在平凡日子裡，享受大自然、音樂和咖啡，穩定不輟地創作。我很幸運選擇了作家這個職業，可以讓我做喜歡的工作，又能自由安排時間，當然我也是從職場編輯台經歷過來，但寫作是一場寂寞而單獨的時光，你沒有同事可以商量，也沒有人作伴，還要面臨每個月沒有固定的薪水可拿，現在的版稅又少得可憐，你也可以不用當一名職業作家，而擁有每一天如此靜心的一刻，只要你願意寫作。

最早的禪修，可以遠溯至印度古奧義書時代，當時那些印度的聖者或瑜伽行者，在森林，在樹下靜坐冥想，傾聽自己，進入定境。在藏文，禪修稱為gom，意為「逐漸熟悉」，也就是透過禪修，慢慢去認識自己，熟悉自己的起心動念，就像和自己交朋友一樣，慢慢去知道自己。寫作也是一種修行，透過寫作，更能傾聽自己，熟悉自己。

禪修者每天早晚都要固定時間打坐，訂下每天的寫作時間，是寫作修行的第一步。如果你無法關上手機，關上電視，關上鄉民的問候，好好坐在書桌上，心無旁騖地寫下第一個字，你就永遠無法完成一篇文章。所以訂一個時間，也許十分鐘或二十分鐘或半小時、一小時，在這時候把外面的世界摒除在外，什麼事都不管，只管寫作。這也是練習不被外境打擾，回歸內在最好的煉心術，每一個人每天都需要給自己和自己在一起的單獨時間，寫作是最好的方式，也是最好的理由，你只管說：「我正在寫作。」所有的人都會安靜下來支持你，連狗狗也默默地守在一旁，我家的兩隻烏龜陪伴我將近二十年的創作日子，其中一隻壽終正寢，回想起來真是一段彼此陪伴、美好的靜心時光。

你無法去恆河兩次

每一天醒來，你是以怎樣的心情準備度過這一天呢？是用苦哈哈，帶點不悅的情緒，投入規律又規律、重複又重複的生活，還是興高采烈，覺得自己又能活著一天，開始今日的冒險旅程？

我們喜歡去旅行的原因之一，就是換一種觀點去看另一個城市的面貌，另一場美麗的風景，另一種人們活著的方式。我們可以暫時逃離一再重複的無聊日子，看膩掉的周遭和人們。人性有一種「相看兩相厭」的「厭煩」特質，每天吃同樣的東西，和同樣的人在一起，住同樣的房子，看同樣的場景，過同樣的日子，要能適應這種同樣的生活，真的是不容易的事。

所以，我們要去旅行，要去購物，要去看電影，要去換工作，要去換房子，要去離婚，要去惹事闖禍……，多少是這種受不了無聊的厭煩感在作怪。所以，做一件事三分鐘熱度，愛一個人三分鐘熱度，學習某個才藝也是三分鐘熱度，三分鐘熱度就是現代人的精神標語。很多孩子還來不及長大就已經變老了，因為他們一直忙著填鴨，功課、才藝、補習、卡位……，沒有時間練習無聊和發呆，對大自然好好去沉思，去觀看，也沒有時間好好遊蕩、去玩耍。

擁有孩子好奇的心和好奇的眼睛去看世界是很重要的，這樣你才能有全新的心，探索無限。一個孩子總看得到你看不見的細節，他們會看見路邊開紫色小花的酢漿草，也會看見地上掉的一根彎曲的迴紋針，還有牆上爬過的一隻斷尾的蜥蜴…，他總是問你：「為什麼？」為什麼春天走了，是夏天來了呢？為什麼不是秋天或冬天？你以為理所當然的事，他卻覺得很新奇。

事實上，我們的生活看似雷同，卻從來沒有一樣過，我們人體的細胞也時時在更新之中，照照鏡子看今天的你和昨天的你一樣嗎？同一條恆河，日照光影，水波流動，永遠沒有相同的時候，你以為你已經去過一次恆河，但你再去時，那既是恆河，卻又不是你去過的那條恆河，它一直在更新，一直在改變，如果你沒有更新，沒有改變，你就失去了這一刻的恆河。

一個寫作者要有孩子的眼睛，要有好奇的心，帶著你的紙筆以renew（更新）的心，重新看待世界，即使雷同的生活也可以試著書寫其不同，或用不同的觀點去切入，這樣你就能寫出好的作品、創意的文章，也可以重新愛上你的家人，你的伴侶，你的工作，乃至你自己。

誰是我？我是誰？

我們總是太掉落在這一世我們的生命劇情，太執著在人生的遭遇，和遇見的人事物，如果是喜劇還好，但我見過的人絕大部分都是沉浸在自己的悲劇中——被愛人背叛、受到不公的對待、因意外而失去所有、一直深愛著得不到的人、從事業輝煌到一敗塗地、罹患重大疾病而一蹶不振、或被金錢所逼迫……。

少數堅強而幸運的人，能從逆境中挺過來，甚至以逆轉勝的姿態，再創人生的高峰；樂觀而適應力較強的人，經過一段掙扎後，只好默默接受命運的折磨與安排，即使無法翻轉人生，也能安於逆境，與逆境共處；而最自苦的人是走不出這輪迴糾葛、愛恨情仇，深陷痛苦與憂鬱的黑暗之中，只能不停止地埋怨、憤怒，責怪命運的殘酷無情和傷害你的人。

其實，這世界沒有公平，也沒有對錯，一切都是你的選擇。

寫作帶給我的收穫是，我可以用以上不同的選擇方式去織寫我的作品，可以是快樂英雄，可以是苦情女，也可以是樂觀主義者。

很多讀者會問：「《尋找星星小鎮》寫的是你自己嗎？」

我總是回答：「既是我，也不是我呀！」

比如書中所述：一九八三年，所謂的速食文化正要萌芽，房地產等待狂飆，工商業日益繁榮，物價指數不斷要上升……我一個星期有五百元的零用錢，可以過得很好了！冬天時候很適合在學生咖啡店消磨時日，那裡有大把的人潮和暖氣，有便宜的咖啡，可以連續喝兩杯。如果沒有遇上熟悉人，讀一本《麥田捕手》或者《藝術概論》，是件很棒的事。下雨天時，人潮更多了，只好花一張戲票錢，看一場電影，那時候倒看了不少電影，《教父》、《鬥魚》、《星際大戰》……還有很多很多，像柏格曼、史蒂芬史匹柏導演的系列影片。文．溫德斯等德國新電影則是以後的事了！

是確有其事，那是我大學生活的片段之一，但實際上的我，並沒有死去的日本男朋友，只是藉由一段純潔的戀情卻因車禍而失去摯愛，隱喻大自然因物質文明而被犧牲破壞，使我們也失去了天空星星和原始森林。

有趣的是，在書寫時，真實的我消失了，化為書中的「我」，當我忘失了真實的我，我就進入了書中的那個「我」，可以感受她，體會她，寫出她，同時她又從我這裡演出她自己的情節。這是很奇妙的一種「忘我」遊戲。

寫作的第一念，一定要從放空開始，從放空你就解開束縛自己的規矩、典範、信念、想法，你不是你，你可以是另一個人，另一種人生，保持敞開的心胸，你就可以接受各種不同的人和他們奇奇怪怪的命運，並寫下這些百折千迴的故事。

有人說，書寫不一定療癒。這也是一個選擇。

但我個人，因書寫的忘我，使我對真實世界的我的命運可以更超越，更抽離，更不掉落在悲劇。我也知道喜劇比悲劇難寫，畢竟我是一個作家，也許我寫過、讀過太多的故事，我自己的故事或悲劇因此顯得太平凡，同時身為幕後的創作人，因有一雙觀照者的眼睛，也比較能夠不以物喜，不以己悲，所以一定記住一件事，不要掉落在人生的悲劇，更不要掉落在書中的悲劇，保持你的客觀和高度。

放下控制

我們想要掌握的事太多了，但人生卻偏偏無法掌握的事太多了，希望今天不要下雨，才出門就被一場偌大的雨狠狠洗刷著。人生如此無常，計畫永遠趕不上變化，說好的事可能馬上就變卦，突然一個轉身，就從此錯過。我們無法控制外境，卻可以掌握我們的心，保持開放，允許各種情況發生，但往往我們總是要控制事情朝自己的想法去發展，一門心思要別人配合著自己。寫作要放下控制，不是去掌控心智，而是任心智飛躍，讓想像帶領我們去飛。

你能控制想像嗎？你不能，當想像振翅時，你就跟著盤旋升空，想像往往是光怪陸離，就像夢境一般。你不要設限，順著靈感的流而走，把這些奇幻記在隨身的筆記中，也可以找幾個創意的點子開始點燃想像的火苗，就像賣火柴的女孩一樣，第一根火柴是「死前要做的99件事」，哪些事是我死前要做的事呢？瘋狂地表列它；第二根火柴是「愛上台北的一百個理由」；第三根火柴是「致青春——那些年我們一起做的蠢事」；第四根火柴「速度與激情——最遺憾的過去」……

你可以不斷劃一根想像的火柴，敞開心房，任想像自由激盪，不必擔心那些脫序的部分，害怕溢出常軌。經由寫作，你將再次梳理這些靈感，自會有一個啟發出現，你就會明白每一刻真實的自己，都是你生命中最珍貴的一份履歷，但你必須保持開放，任靈感之流帶你漫遊，你也因此學習了順應命運之河而流的道理，經過高峰，穿越低谷，峰迴路轉，當你願意放下了控制，就深自體會任運自在的漂浮之道。

休息是為了走更長的路

我曾經在編輯生涯中創下一週內出版一本翻譯小說的紀錄，那是為了配合電影上映的一個緊急狀況。在快之中，還是設法保持從容的態度，這是編輯及作家的生存之道，特別在趕書稿的時候，我都會提醒自己保持一定的寫作節奏，不能逼死自己。同時，訂好了寫作的時間表後，一定維持每週僅工作三、四天的規律，週末日是固定家庭聚會，還有一天我會到戶外走走，不讓自己不眠不休地處於趕稿狀態，那會過度耗損自己的能量，寫出來的東西也不見得理想，也不可能每一本書都像《閣樓小壁虎》一樣，一個晚上靈感來了就完成了，永遠記得休息是為了走更長的路。

日本知名作家村上春樹除了寫小說外，熱愛慢跑也是眾所周知的事，在

此，我也提出如果你想維持長久的寫作，甚至成為一位職業的寫作人，除了大量閱讀，大量書寫，用心聆聽周遭的人事物外，也務必保持規律的運動習慣，慢跑、健走、瑜伽、跳舞都行。透過運動讓頭部過多思考的能量可以流向身體，同時運動也能協助頭腦放空、流汗排毒，讓自己更健康。

一週有幾個早晨，我固定要去跑步、走路，時間不長，半小時到四十分鐘，讓自己抽離一切，只剩下單純的腳步和呼吸，只剩下樹林、花草和天空，跑步有跑步禪，走路有走路禪，把覺知單純地放在移動的腳部，體驗禪宗「照顧足下」活在每一個當下的境界，每一個呼吸都是生命的開始與結束，每一個呼吸就是生命，所以我呼吸故我存在，僅僅呼吸就是生命的喜悅，人生的快樂。《閣樓小壁虎》有一段經典話語，我至今都很喜歡：「每個人都有憂鬱的時候，都有達不到夢想的沮喪，你抬頭看雲，你的意義好像浮在天空中，告訴你，不要哭泣了！走出心裡的世界，走到廣闊的天地，來發現我吧！」

整體的宇宙，所化現的萬事萬物都是為我們而存在，但你必須去發現它，與之對話、共鳴，所以你必須給自己一個走出去的時刻、休息的片段，你才能從雲朵中洞窺奇麗，從大自然中汲取力量，從友誼中得到支持，我累了我休息，我餓了我吃飯，這就是生活禪，也讓你在寫作之路上可以行走得更長遠。

抓出重點

不知道為什麼現在的人比起從前的人更愛說話，滔滔不絕地說個不停，說到後來自己也不知道自己要說什麼，而且特別愛說教，熱中批評。這都是一種內在的焦慮和自我的表現欲，想表現自己高人一等，見解獨具，但說來繞去，往往忘失重點為何。

寫作時，你得練習從天馬行空的想像中，一針見血地抓出重點，你可設下標題，做為重點提醒。在當廣告文案時，我很迷戀各種標題，特別是詩語般的標題。比如為陽明山某房地產寫說明書文案時，有幾句有意思的標題：「上陽明山是很平常，住陽明山卻很稀罕」或是「我家的後花園，是一座陽明山」——

繁花似海／紅楠與華八仙盛放在二月，緊接於山櫻花之後，二月底花季開啓，正是一年春天發端，接著杜鵑花紅遍滿山。

群星腳下／到夜晚，腳下台北盆地燈火點燃，變成無數閃爍星光，另一種看星的樂趣，在每晚演出。

被綠包住／七星山、大屯山、紗帽山、面天山、小觀音山、磺嘴山、竹子山……，家被連綿不絕的綠緊緊包裹住，無與倫比的山景即刻擁有。

葉子落了／楓葉隨風而落，散滿整個蕭瑟，整座山林豔紅或金黃，芒花似雪綻放，秋蟲低語，紡織娘也唧唧唱起秋歌。

朋友來作客／友人攜著凍頂烏龍茶葉來訪，我們煮茶、夜聊，見黑夜在窗外疾走，山霧乘風湧來。

總是冒著煙／火山、地熱、硫磺，縷縷白煙，渾然天成的夢境地圖，尋一處溫泉澡堂，舒適地享受溫暖，無限暢快。

群山之間的小餐館／許多溫馨餐館或者小店錯落在山間，等待老饕們詢問野菜的滋味，在天冷時刻，吃一碗熱騰騰的地瓜湯，更是別富風味。

這些商業文案亦可帶有文學性，各段小標刻意表現四季陽明山山居歲月的如歌生活，透過不斷書寫各種文案的機會，也讓我練習下標題和抓重點，有助於寫書和其他文章創作。

學習在寫作中抓出重點，也學習在人生的每一個階段找到重點，能讓你更活出自己，我們不必管何時會死，但活著做自己想做的事，實踐自己每一階段的生命清單，不就是創造不凡的人生嗎？

修改又何妨

擔任十多年的文學主編工作，使我養成校對和改稿、潤稿的習慣，同時當我在創作時，我也會以主編的角色去衡量出版的可行性，不一定寫什麼都要成為一本書，當然如果可以出版的話，那是再好也不過，可以多一筆額外的版稅。很多書稿在第一次完成時，一直感覺還不到位，只好再來一遍，再次修改重寫，寫著寫，又是另一個新的樣貌，和原來完全不同。人生不可以重來，但是寫作可以彌補這個缺憾，永遠可以改寫劇情，變成另一本書。

修改又何妨呢？我們總是要不斷地調整自己，讓自己處於最理想的狀態。在我教導打坐與靈氣（雙手能量療法）時，常常提醒學生們要調整好自己的位置，讓自己坐得自在，坐得舒服，才能更持久，打坐和靈氣都是一種靜心，不是要折磨自己，保持專注是一種放鬆地覺知，不是緊守著某種固定姿勢而失去了覺性。隨時調整自己是很重要的，這也代表一種修改。人生的際遇沒什麼對或錯，我們總也會低潮，難以忍受某些人、某些事帶給我們困擾和煩惱，有時自己也會和自己鬧彆扭，更何況看不慣身邊人，我們改變不了外境，就調整自己的心態，學習泰然處之，經常樂觀。

寫作中的修改也要樂在其中，某一個句子或段落修改之後讀來更流暢，一切都是文字的遊戲，也讓我們可以更有耐心磨練我們的文筆，可以先來一遍完全不修改，不管語法或錯別字，就只是一直寫，直到那個流停止了，這就是自由書寫。過一陣子再寫一遍，或是整個修改，如果寫得棒透了，可能只要改幾個錯別字，總之，寫作充滿了無限的可能，所謂妙筆生花，就是這樣的境界。你的筆描繪出怎樣的宇宙，怎樣的人物，怎樣的故事，怎樣的風景，都別擔心寫得不夠好，儘管創作，你可以隨時修改。

魯蛇的聲音

魯蛇是現代的流行語，也是網民們自稱Loser（失敗者）的自我反諷，無一例外，每一個人內在都有一個魯蛇的聲音，當你在做一件事時，魯蛇會出來奉勸你：「不行，你可以做到嗎？你那麼遜，就算做好，也不會有人在乎你。」

不然就是：「哎喲，拜託你，這樣可以嗎？看起來很不OK耶！」

再來是：「你真是全世界最糟糕的人！」（搖頭）

或者它會借別人的眼光來批評你：「×××一定覺得這很爛。」

你要抵抗內在魯蛇的聲音而做好一件事必須要有非常大的勇氣和厚臉皮，我覺得這部分要學習一下港星，不管是梁朝偉或劉德華這些大明星們，他們的演技出眾，也得到影帝榮耀，但他們也會拍一些幽默詼諧的港式喜劇片，不怕扮醜裝傻或是劇情很瞎，這就是我們要學習的精神。年輕時我曾在廣告界創作文案，必須書寫各種各樣的商品文案，有的是賣飲料，有的是賣汽車，有的是賣房子……，你的文字得像變魔術一樣，有時很高雅，有時很通俗，有時很趣味……。

寫作也要記住，所有信手拈來的隻字片語，都可能派上用場，一些你覺得不理想的idea或是飛來的靈感，生活的細節，點點滴滴，看似不起眼的垃圾，也可能變成黃金，只要你懂得資源回收再利用。我曾經為某個出版社寫一個家庭故事，後來沒有採用，我就放著，之後為法鼓山編寫心六倫親子書時，就成為我的素材。

我很喜歡美國作家納塔莉的一段話：「活著以及死亡，青春年華或者年老色衰，我們的生活同時結合了平凡和想像。早上起床，買黃色乳酪，希望有足夠的錢；各種愁苦剎那灌注我們無限的心量，而歷經多少嚴冬酷暑，我們仍然活在這個世間。我們是不凡的，生活是不凡的……」[1]

也許我們會遭遇生活中的一些挫折、不順、麻煩，總是如此，人生就是這樣，也許會失眠、不安、擔心，這都很正常。但一定記得不要被魯蛇的聲音給綁架，寫作亦然，不必管這些亂七八糟的文字可以做什麼，時候到了自有用處。將魯蛇的聲音漸漸關小，打開內心蘇格拉底的聲音，慢慢把它調大：「寧可做了犯錯，也不要膽戰心驚害怕犯錯，你一定可以的，沒問題，去做就是了！」

1 納塔莉・葛德柏著，余采燕譯，1993，《筆透骨髓》（Writing Down the Bones），海頌文化出版。

CATCH生命的一瞬

對我來說，寫作真是這世界上最有意思，也最隨手可得捕捉生命一瞬的方式，記載每一個片刻這世界為我們所呈現的面貌，記載人生各階段的美麗與哀愁，也記載時代遞嬗的變化。

我們往往從一篇小說或散文，看見了不僅僅是情節、主角人物的愛恨情愁，也看見過往的生活方式、文化的樣貌，以及當時的城市記憶和人情世故。像張愛玲眼中的上海人是這樣的：「文理清順、世故練達，傳統中國人加上近代高壓生活磨練，新舊文化種種畸形產物交流，不甚健康卻有一種奇異的智慧。壞，但壞得有分寸，會奉承，會趨炎附勢，會混水摸魚，也因有處世藝術，他們演得不過火。[2]」而她筆下《色・戒》中呈現一九三〇年代抗戰期間的上海咖啡館則是如此：「凱司令咖啡館，一對對杏子紅百褶綢罩壁燈，小圓桌，暗花細白麻布桌布，保守性餐廳模樣，到公共租界有一截路，靜安寺路西摩路口，靠裡有冷氣櫃台裝著各色西點，主靠門市外賣，後面有一狹小甬道燈點得雪亮，照出裡面牆壁下半截漆成咖啡色，亮晶晶的凹凸不平。」這間凱司令咖啡館的對面是二輪電影院平安戲院，隔壁有外國人開的西伯利亞皮貨店，還有義利餅乾行、綠屋夫人時裝店，印度人開的珠寶店。

據舊識上海女作家程乃珊所言，凱司令（Commander K）一九二八年由三位上海西點師傅合夥創設，逐漸擴展為集西點、西餐、咖啡店為一體的綜合型西點公司。去年我在上海正好路過凱司令，比較像是西點麵包點心店，建築也仍保留懷舊氣氛，招牌栗子蛋糕，是上海人津津樂道的老字號西點。

2 張愛玲，1991，《流言》，〈到底是上海人〉，皇冠出版。

一塊蛋糕，一家咖啡館，一個虛擬的小說暗殺場所……，也讓我們見證上海上世紀的縮影。隨時記錄，catch每一瞬間，就是無窮的寫作之樂，一如我在《CATCH 斯里蘭卡》序中所言：「如果不是這一些catch，那一年夏天的雪域遊蹤，不也就是像收攤的賽馬會一樣，只留下空中無語的回聲。」而因為這一些catch，過眼即逝的事物也有其存在的理由。

傾聽別人說故事

這幾年，上海興起了匠人風潮，一輩子只做一件事的手作精神，成為眾人神往的典範。大陸作家汪涵也是，他走訪湖南、北京等地，拜訪各處傳統手工藝民間作坊，記下了木盆、豆腐干、古琴和墨條……，這些傳統精巧且看似平凡的物件背後的創作者故事，收錄在《有味》一書。某次，他聆聽古琴製作者樸雲子彈奏一首《瀟湘水雲》，悠遠如泉的指尖撩撥中，一時間他忽然感受到做琴的桐樹活了起來……。

很多時候，我們必須親自走一遍，實地採訪，傾聽別人的故事，才能帶給我們真的了解與認知，否則只是資料的堆疊，並沒有真正的生命。人的故事永遠是最可貴的，最動人的。經常很多人會來跟我說他的故事，從過去寫小說時期，到現在是心靈療癒師，總有人見到我，就忍不住說起了他的過往，他的喜怒哀樂，大概是我有一張被信任的臉且善於傾聽吧，每一個人的故事也都如此扣人心弦，說著說著，彷彿一場戲劇正在眼前上演。

某次我在基隆搭往台中的國光號班車，坐下後，不久一旁的中年女士也入座，車上高速公路，兩人閒聊幾句，此趟去台中做什麼的話題，話匣子一開，說著說著，兩小時車程，對方已經把她從小至今的重要遭遇全都說完了，到站道別下車後，我想不起她的臉是什麼，卻聆聽了一則寶貴的人生故事。當一個寫作人要學習安靜地傾聽別人的故事，並透過實地採訪所帶來的眼見為憑，會讓你的創作更有感情。說故事，聽故事，總是最迷人的一件事，因為故事，一千零一夜的每一晚都是個神奇。

附錄

十個寫作入門

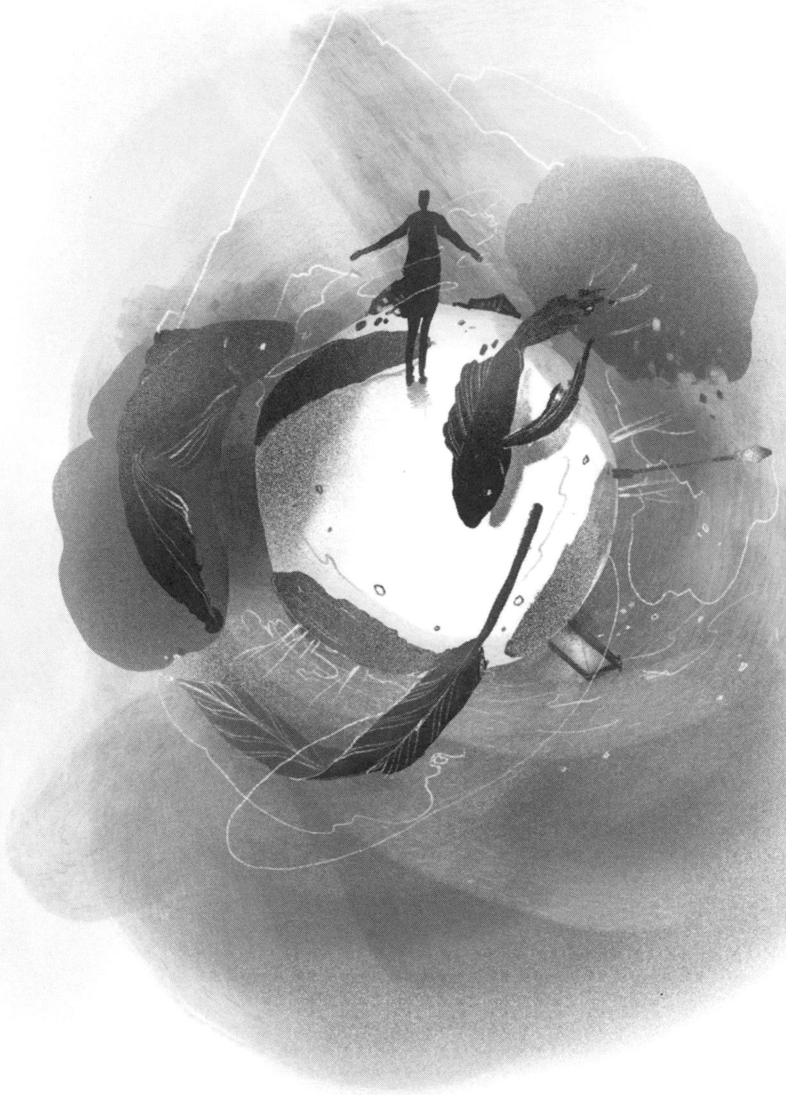

十個寫作入門

為跨越寫作的障礙，我很實際地表列以下十個寫作入門，提供給新手們做為參考，這是二〇〇六年應邀參與幾期作文老師師資培訓班，分享自己創作經驗的其中一章：「如何寫出一篇好文章」。在此，我還是提出寫作和作文的差異，寫作要能如實傳達自己的想法、感受和經驗，必須富含更多的創意性和文學性，也許結構不是那麼刻板工整，但要寫出精彩，寫出文采，寫出風格，並且要深刻動人，富有寓意。

寫作是為自己而寫，作文則是以作業或是考試為主，有字數的限制，所以要能明快地分段布局，主旨清晰，結構嚴謹，立意取材適當，首尾呼應，基本上就能有一個好的表現。文章寫得好的人，不一定作文能寫得好，同樣的，能寫好作文的人，也不一定能寫好文章，但要寫好一篇文章，務必放下作文的規範和限制，更順應內在心流去創作，才能更加揮灑自如。

一、思考主題和表現形式

主題是很重要的，不管是一篇文章或是一本書，我記得在一九九〇年代，很多作家出書，是將陸續發表過的文章做成結集，然後訂一個標題，就可以出版上市，受到歡迎。但隨之而來的文學潮流愈來愈傾向商業化，愈加強調主題的明確化，這樣才能更有訴求，更有話題和張力。一篇文章最重要的是闡述個人感想與心得，吻合主題的訴求，這是無庸置疑的。

什麼叫主題，就是主要的論點，你要說什麼？

表現形式，以文體來分類的話，一般作文有記敘文、論說文、抒情文、應用文；一般文學有散文、小說、詩、劇本等。

更進一步，用什麼人稱和口氣去說，用什麼節奏去進行，用什麼語詞去表達，用什麼時間順序去敘述，用什麼風格去呈現，都是作者要動腦筋的地方。

平時就要建立蒐集主題的習慣，透過日記或筆記記錄日常經驗、一些事件、旅行或節慶活動，乃至生活中的感受與體會，整理成冊，逐年檢視也能發現成長的痕跡，就是寫作最好的啟發。

二、開頭切入

萬事起頭難，很多時候，你已經知道要寫什麼，但開場白的第一句卻遲遲沒有靈感，可以先拿著空白筆記本，隨手記下第一念，或者直接破題（開門見山法），然後順著文氣而走，自然一氣呵成，要知道每一篇文章都是一個有機的生命體，有它的氣息，順著流去書寫，最後再加以潤飾修剪，各段敘述要與主題呼應，即使錯綜迂迴，明喻或暗示，內容也要懂得取捨，並巧妙地說出道理。

一開場的切入，還可以試試其他手法，或冒題法：文章開頭未直接點出主題，先以其他敘述開場，後段再道出旨意。或用一個生動的文詞或句子，或以一個特別的情境，或結果倒推，或回憶書寫……，總之，都從第一念開始，如果不喜歡這個開場白，再建立另一個第一念，這時如果有蒐集相關的資料，不妨也拿出來翻閱一下，激發自己的靈感，可以先草寫或者亂寫，或讀一則自己喜歡的文章，看看別人是怎麼開頭的，通篇的行文如何，閱讀的基本功絕對可以為你加分。

三、立意取材

文章要傳達什麼？就是立意，確立作品的思想、主題，《紅樓夢·第三十七回》有一段：「只要頭一件立意清新，自然措詞就不俗了。」取材，選擇什麼材料，從哪裡選，從你的經驗值，從參考的資料，或從思考聯想而來。

舉例：從一包鹽說起

主題：鹽。

參考資料：

鹽的功用（知識）：具防腐作用，調味、殺菌、淨化、醃漬……，是生活中不可或缺的調味品，鹽的本質不會變，所以也象徵忠誠。

鹽的歷史：中國的鹽史始於黃帝，曾發動一場鹽的戰爭，得到統治權。最早夏朝把海水裝在陶罐中煮沸至鹽的結晶產生。

鹽的故事：法國民間故事，一位公主對父親說：「我對你的愛像鹽一樣。」國王聽了很生氣，將她逐出家門，直到後來他被禁吃鹽時，才明白鹽的價值，和女兒對他的愛有多深。

鹽的種類：海鹽、岩鹽、井鹽……

鹽的烹調法：一般食物調味、製成醬料、鹽烤、醃漬、煙燻……

與鹽有關的文學作品：蔡素芬《鹽田兒女》

與鹽有關的著名詩作：把你的影子撒點鹽／醃起來／風乾／老的時候／下酒（夏宇〈甜蜜的復仇〉）

思考聯想：鹽讓你聯想到什麼？鹽和食物，鹽和海洋……

經驗值：我平常用鹽做什麼？鹽的味道？我喜歡鹽嗎？……

你可以從上述舉例，練習立意取材，進而列舉經驗值和思考聯想，再進一步寫成一篇關於鹽的文章。

四、組織架構

有幾種作文的結構可以參考：

一、起、承、轉、合：文章的起頭、承接起頭、文意轉折、合併語意。也可以說是解題、正例、反例、結論。

二、一條魚（正）：魚頭／開始（原因）、魚身／過程（發展）、魚尾／結果（感想）。

三、一條魚（反）：魚尾／強而有力的感想、魚身／補足道理、魚頭／起頭。

四、總說：所有的一起講、分說：分段、分別來講、總說：再一起講。

五、按照時間順序：正敘、倒敘、插敘、補敘。

你可以先建立文章的大綱結構，再分段配置內容，可以用關鍵字設定每段要談述的情節，結合人、事、時、地、物。記住敘述事件時，永遠有「原因、過程、結果」，慢慢練習從建構，再到自然成書，結合情境的活潑描述，個人經驗值的提出和修辭技巧的運用，就是一篇流暢生動的文章。（參考上述〈我

如何創作大師密碼故事〉）

五、遣詞造句

文學美學的關鍵，就在於運用成語、修辭，創作出優美的遣詞造句。關於修辭是否應該特別去學習，或是透過多閱讀文章、多書寫文章，自然就能累積文字技巧的實力，這部分見仁見智，關於修辭技巧在此不多敘述，建議直接去買一本《修辭學》當作寫作參考書。

但就詞語和佳句部分，依我自己從小的經驗，可以建立資料庫，按照：人物、場景、動作、心情、感受、聲音、表情、動作、天氣變化、季節……，蒐集如何去形容的詞彙，讀到好的句子和句型，也可以抄寫下來，好好欣賞，藉以提升自己文學的涵養，同時深入人生的意義。

◆立意取材和遣詞造句的腦力激盪

◇以自由聯想方式，在下頁的空格部分，分別填上內容，再搭配所架構的大綱，即可進行文章的寫作。

◇最常見的修辭法：排比、層遞、類疊、頂真、設問、誇飾、譬喻、轉化、回文、借代。[1]

六、標點符號與格式正確運用

寫作的人，一定要有最基本的語文常識，比如標點符號、分段、成語的正確運用，和句子通順完整……，都是最根本的寫作基礎，還有現在最容易犯的毛病就是錯別字。如果不是那麼有把握，上網查「教育部國語辭典」，很快就有答案，以前寫作的人或是編輯，一定必備《國語辭典》、《成語字典》、《小百科全書》，養成專業寫作的態度是寫好文章的首要條件，畢竟文學是以

立意——主題	取材——文章素材	詞彙藏寶盒
例：旅行的意義	斯里蘭卡 朝聖	恩得唯信（antevasin） 住在邊境的人

1 見《修辭學》，陳正治著，五南書局出版。

語言文字為工具，表現藝術文化、內心情感和社會生活。一開始書寫時，可以先不管這些格式，但最後定稿時，就要逐一修校訂正完成。

七、想像力及創意

擬人法是修辭法中最具想像力的，把事物當做人加以描述，詩人楊喚的〈夏夜〉就是最好的代表作，夏夜化為一位美麗的女神，帶領我們和南瓜、小河、夜風一起愉快地旅行。

蝴蝶和蜜蜂們帶著花朵的蜜糖回來了，
羊隊和牛群告別了田野回家了，
火紅的太陽也滾著火輪子回家了，
當街燈亮起來向村莊道過晚安，

夏天的夜就輕輕地來了。

從山坡上輕輕地爬下來了。
來了！來了！
來了！來了！
從椰子樹梢上輕輕地爬下來了。
撒了滿天的珍珠和一枚又大又亮的銀幣。

美麗的夏夜呀！涼爽的夏夜呀！
小雞和小鴨們關在欄裡睡了。
聽完老祖母的故事，
小弟弟和小妹妹也闔上眼睛走向夢鄉了。

（小妹妹夢見她變做蝴蝶在大花園裡忽東忽西地飛，
小弟弟夢見他變做一條魚在藍色的大海裡游水。）

睡了，都睡了！
朦朧地，山巒靜靜地睡了！
朦朧地，田野靜靜地睡了！
只有窗外瓜架上的南瓜還醒著，
伸長了藤蔓輕輕地往屋頂上爬。
只有綠色的小河還醒著，
低聲地歌唱著溜過彎彎的小橋。
只有夜風還醒著，
從竹林裡跑出來，

跟著提燈的燭火蟲，
在美麗的夏夜裡愉快地旅行。

寫作最棒的是允許無邊的想像力和各種創意，不僅表達思想、感情而已，還探索無限的宇宙和生命的真義。你可以運用自由聯想法，或交插、顛覆的句型與狂想拼貼，乃至《愛麗絲夢遊仙境》荒謬的樂趣，說各種奇幻的故事給自己聽，寫作千萬不能變成老古板，而要有嘗新的勇氣，把寫作當做是一場遊戲，試試看會激發出什麼奇蹟。

◆自由聯想法

鳥→翅膀→飛行→自由→遠方→旅行→天涯海角→世界最遙遠的地方→喜馬拉雅山……

◆交插的句型

句子1：在白晝，聽不到鳥鳴，但是看得到鳥的形體。（梁實秋〈鳥〉）

句子2：露水和著松脂氣息，涼涼、香香的空氣，一下子進入我的心田之中。（張先梅〈心在高原〉）

可以交插如下：

句子3：在白晝，涼涼、香香的空氣，一下子進入我的心田之中。

句子4：露水和著松脂氣息，聽不到鳥鳴，但是看得到鳥的形體。

是不是又創造另一種不同的境界？

◆顛覆的句型和狂想拼貼

句子1：剛剛好的氧氣和二氧化碳，成為你甦醒前的前奏。（鄭栗兒〈那個早晨〉）

句子2：沒有超人沒有雷龍沒有獨角獸沒有白雪公主於是你繼續熱愛寂寞

又厭恨寂寞（鄭栗兒〈maio的藏身處〉）

句子3：修改潤飾排列裝置直到每一個片斷找到它們最好的位置有些片斷不停地走遠迷路到了最遠變成另一首詩（夏宇詩集〈Salsa後記〉）

◆荒謬的樂趣

他邊煎著他的帽子，邊想著他的母親以往如何煎父親的帽子，想著祖母如何煎祖父的帽子。加點咖哩，加點酒，嘗起來不像帽子，像內衣的味道。（羅素・艾德森〈煎〉）

八、見解及感言

當然，這是最重要的，為什麼要寫、寫、寫，就是為了要說出自己的見解及感言，滿腹牢騷也可以化為文學的筆墨，成為時代的語言。

有人會問，難道不能純粹地敘述一片風景，一杯咖啡，一個早晨？

當然也可以，但你為什麼要寫這些，而不寫其他呢？一定是觸動你內心的什麼，寫作不是要說教，講道理，那都太直白，缺乏藝術性，見解及感言化為輕輕的一筆讚歎，不也是挺美的嗎？

燕子去了，有再來的時候；楊柳枯了，有再青的時候；桃花謝了，有再開的時候。但是，聰明的，你告訴我，我們的日子為什麼一去不復返呢？——是有人偷了他們罷？那是誰？又藏在何處呢？是他們自己逃走了罷；現在又到了那裡呢？……去的儘管去了，來的儘管來著；去來的中間，又怎樣地匆匆呢。……我赤裸裸來到這世界，轉眼間也將赤裸裸的回去罷？但不能平的，為什麼偏白白走這一遭啊？你，聰明的，告訴我，我們的日子為什麼一去不復返呢？

上文朱自清的〈匆匆〉並未直接地道出時間的流逝無情，而是藉由無數地自問，交錯語次，道出內心的感慨。

九、工欲善其事必先利其器

一九九〇年，一位貧窮單親媽媽在一班從曼徹斯特開往倫敦的誤點列車上，忽然一個小說靈感來襲，造就了全球《哈利波特》旋風，成為世界矚目的暢銷作家，那就是J・K・羅琳。後來，羅琳自述自己如何經歷離婚的失敗，帶著嗷嗷待哺的孩子走出生命低潮，「失敗代表了摒除不必要的事物，我不再自我欺騙、乾脆忠於自我，投注所有心力完成唯一重要的工作。要是我以前在其他地方成功了，那麼我也許永遠不會有這樣的決心，投身於這個我自信真正屬於我的領域。我重獲自由了！因為我最大的恐懼雖然降臨了，而我還活著，我還有個可愛的女兒，還有台老舊的打字機和偉大的構思。曾經跌落深邃的谷底，卻變成日後重生深厚的基礎。」[2]

2 出自J・K・羅琳在哈佛大學二〇〇八年畢業典禮的演講〈失敗的紅利與想像力的重要性〉。

羅琳的老舊打字機，為她創造了超乎想像的財富。一個匠師要完成他的工作，成就他的藝術，必然要有好的工具，所謂工欲善其事必先利其器，創作要準備的工具是——紙、筆、筆記本、手機、電腦、參考書、資料、記憶、寫作的場地……。除了書房，咖啡館永遠是作家最愛的寫作場所，一張小桌，一杯咖啡，流洩的背景音樂，就進入了幻想的世界。

在此，我也把羅琳所說的「失敗」當作是工具，不要擔心害怕生活中的失敗或是黑暗面，一個寫作者所歷經的逆境和挫折，往往會成為他創作中最美好的靈感，羅琳創造的「催狂魔」，就是來自她憂鬱發作時的黑暗感受。

當然，不是寫作都要憂鬱，而是保持敞開的心，去迎接生命帶給我們所有好與壞的遭遇，就像我寫的《閣樓小壁虎》所說：「嘗試生命的各種經驗，把各種滋味都嘗一點，你的人生就完整了。」

十、眼耳鼻舌身意

當作家帶給我最大的好處是，培養訓練我的觀察力和直覺力，我曾經在無數的教學中一再地問我的學生，現在閉上眼睛，快速描述你進來這個房間的一切：眼睛所看見，耳朵所聽見，鼻子所嗅聞，嘴裡所嚐到的味道，還有身體肌膚的觸感，以及這一刻這個環境所帶給你的感受、情緒、聯想，使你想進一步做什麼呢？

福爾摩斯擁有冷靜的頭腦和穿透時間的分析能力，最重要是他的觀察力十分敏銳，所以可以迅速洞察人物和環境透露的訊息，進而破解案情。觀察力既是天生，也是後天的養成。

從寫作提升到成為一個創作者，你必須訓練自己閱讀，訓練自己思考聯想，訓練自己語句修辭，更要時時訓練自己五感的觀察力。我們身體的五個感官：眼睛、耳朵、鼻子、舌頭、皮膚，就是最好的福爾摩斯，帶你看見、聽見、聞見、嘗見、觸見一切，但你要學習保持在覺知的狀態，保持在觀照者的臨在，所以一個創作者其實就是一個禪者，不僅僅是沉浸於頭腦無邊的想像而已，還要回歸現實每一片刻的當下，活在當下，從當下中汲取萬有無限的靈感。

◆寫作主題與訓練

◇主題：奇幻的天空／聯想訓練、視覺訓練。

◇主題：喝一杯茶／資料閱讀訓練、五感訓練。

◇主題：秋天的落葉／聯想訓練、視覺、聽覺、嗅覺、觸覺訓練。

◇主題：一首歌的故事／資料閱讀訓練、聯想訓練、聽覺訓練。

◇主題：人物特寫／觀察力訓練、聯想訓練。

◆範例：新的一年我願意……

說明：二〇一六年底，自由時報花編副刊為二〇一七農曆雞年策劃一個主題：「新的一年，我願意……」，邀請作家名人為文，做為給讀者們一個新年期許的反思。我以三段小主題：「新的一年，我願意更成為自己」、「新的一年，我願意更全然在每一刻」、「新的一年，我願意累積一百個擁抱」，分別表達「做自己」、「全然而活」、「傳達愛」等聯想，做為我二〇一七年的生活態度。

新的一年，我願意……

鄭栗兒

新的一年，我願意更成為自己。

不再是什麼標籤了，優雅和才華……，不再是自我或別人的期待，卓越與優秀……，不再是世俗的位置，或者風情萬種，魅力獨特……。

很純粹的一個我，不再取悅任何人，證明自己有多讚；默默的一個角落，和一朵花、一棵樹互相欣賞，傳遞訊息；早晨的慢跑，呼吸、行走，我與天空，天空與我彼此包容。還有，更安靜吧！更放鬆吧！更放手吧！連一點點的控制，對愛的控制，都願意鬆手。成為自己，意味著尊敬他人的選擇。然後，祝福。同時，不再抓住無謂的人際與忙碌，真正悠閒下來，慢慢做好一件事。

我願意在我身邊、來我身邊、經過我身邊的每一位，包括一隻貓咪和陌路者，都以真心相待，都盡量給予愛。用我的手去療癒靈魂，發現真理，面對生命的起伏轉折，更保持一種彈性不設限，接納挫折和失敗帶給我的教導，接受不完美和無常是人生的必然，也不設法求其完美，允許瑕疵與殘缺存在，將之視為存在之禮。

我所有擁有的，所受用的，一切都是具足的，一切皆圓滿，任運隨緣，去到哪裡都是好風景，成為自己，最重要是不再成為別人，不再迷戀表面風光，而是與真實的自己臨在每一刻的深深喜悅中。

是的，新的一年，我願意更全然在每一刻。

在工作上更展現我的熱情、才華和創造力，保持純真之心，灑脫投入，以此實現我的生命價值。

二〇一七年的靜心主題，是關於工作的，透過工作，閱讀內在的自己，發掘潛能，同時，實踐一直以來渴望達成的夢想，就是工作的意義。

工作，不僅僅是完成，或者是得到一份收入，更昇華一點，工作是一種自我成就，這份成就不是職場的競爭、比較，而是我願意投入多少時間和耐性在這裡。

當你專注在哪裡，你就會成功。和工作談一場戀愛，就是去喜愛你的工作，為它用心，為它盡責，為它努力，為它精進。某一天，你的工作便為你帶來豐收，帶來財富，帶來幸運。練習不抱怨很重要，不抱怨人，不抱怨事，不抱怨麻煩，也不抱怨意外狀況，別心存僥倖，一次就要搞定，工作的延宕波折都是正常，都是磨練自我的試金石。還有不要抱怨沒有錢，不要落入怨念的輪迴，也不必嫉妒他人，酸葡萄心理沒什麼好處，愈懂得處處滿足和一顆時時感謝的心，愈能得到源源不絕的豐盛。

更高級的工作，就是理想與夢想的追尋，在此，放下一個制約：「理想與麵包不可兼得」這句話，這個想法會束縛你，當人們這麼說時，是要你現實一點，實際一點；但我不說現實，而是「務實」——你絕對可以很務實地得到麵包，也可以很務實地實現理想，很肯定地去作夢，勇敢築夢。不管起心動念，乃至真正的身體力行，就像一名匠師，燃燒熱情，全然以赴，讓夢想帶你飛行到遼闊的領域，窺見神秘。

我也願意在工作與不工作的每一刻，好好地活著，全然地活著，工作以外的冥想、靜心、散步、做菜、旅行、閱讀、發呆、聆聽、欣賞……，體驗每一刻，經歷每一刻。不以工作為整體，犧牲家人、友誼和自由，放下對工作的掌控，放下工作狂，代表我是工作的主人，而不是工作的奴役；我沒有工作，仍然有存在的價值，沒有工作，也不會有失落感，終有一天我會無法工作的，但我仍可以擁有全世界。

新的一年，我願意累積一百個擁抱。

再沒有比和解，在此刻的世界更被需要了！所有的分裂、敵對、衝突……，使我們失去了做為一個人的良善，也使我們更加孤獨、空虛，同時生起仇恨、無明和焦慮，乃至為爭戰主權而引起戰爭。

這個世界，有許多默默在為地球祈福的修行者、出家人、宗教團體，設法維持一個穩定的波動，即使整個世界的波動總是起伏無常的，但人生就是一個選擇，不管在任何處境，我們永遠可以選擇，選擇正面、選擇和諧、選擇友好、選擇樂觀……，永遠記住：當我和平了，世界就和平！

我願意選擇和平，代表我願意消融過多的自我，我願意尊重他人不同意見，我願意異中求同，我願意更客觀、更宏觀，給我們的家園，給地球永續的未來，今天任何生命都有存在地球的權利和資格。

今天，我們不再重複批評的慣性，也不再指責任何人，換作是我接受，換作是我理解，換作我和解，進而我願意擁抱。

我願意在新的一年，擁抱我自己，擁抱我的家人，擁抱我的朋友，擁抱我的老師，擁抱我的學生，擁抱久違的舊識或初見的新識，擁抱熟悉或不熟悉的人，擁抱理念不相同的人，擁抱願意和我擁抱的人……，我也擁抱一棵樹，擁抱一隻狗或貓……，我願意累積一百個擁抱，做為我為地球愛與和平的祈福。真實的一個擁抱，勝於無數的讚，我不是任何人的粉絲，任何人也不是我的粉絲，但在擁抱中，讓我們彼此的神性交流，讓我們傳遞愛和一盞溫暖的微光，以此慰藉療癒充滿傷痕的地球母親。

你也可以為新的一年，立下一個屬於你自己可以實現愛的行動，而且沒有任何個人的目的性，只單純為了愛與和平這個理由，這個純真的信念而去執行它。

不要再叫囂，不要再劃分，不要再滔滔不休，那些扒糞與控訴都不是心的聲音，讓我們願意在新的一年，在充滿未知的一年，立定我們自己，不管你追求的是大幸福或小確幸，都沒問題，但我們更願意閉上嘮叨不休的嘴巴，用行動來創造愛與和平。

二〇一七，我準備好了，你呢？

（發表於《自由時報．花編副刊》二〇一七年一月二十九日）

範例引導：我最愛的季節

◇以秋天為例：春耕夏耘秋收冬藏，季節的變化更迭代表大自然的道。涼風至、白露降、寒蟬鳴，第一道冷鋒來襲，就是立秋——秋天到了。

◇秋天的特色：秋高氣爽、暑氣全消、枯黃落葉、稻穀收成、農作物及果實成熟、秋颱、天地間充滿肅殺之氣、霜降大地、候鳥南飛、動物開始儲存積糧準備過冬，秋蟲嘶鳴（蟋蟀）。

◇溫度：十八度C到二十五度C。

◇代表植物：楓樹、槭樹、五節芒、文旦、菊花。

◇顏色：金色、黃色、橙色、橘色。

◇意涵：享受、浪漫、成熟、收穫、轉變、準備內藏、不要驕傲。

◇節慶：中秋節，中秋節的由來及相關民俗傳說，中秋節的習俗，代表團圓，全家一起賞月、吃月餅，近年在台灣演變為全民烤肉賞月活動。

◇收集與秋天有關的詞句及文章閱讀。

寫作引導如下：

◇建立大綱與分段配置：

最簡單的架構1——起承轉合

首段：可直接破題，或以景色，或以心情開場，或可間接引言，可順敘或倒敘。

二段：我最想念的季節，為何想念，把想念的原因及過程完整陳述。

三段：接續上一段的情緒，或者轉折為此刻的情況，或另一面觀點，或者期待未來。

四段：把感想做一個總結的註筆。

最簡單的架構2——一條魚

開始→過程→結束

◇寫作素材：生活經驗＋資訊結合（以上統整）。

◇開始寫作：第一念＋破題＋順著流走＋修剪＋各段與主題的呼應＋尾聲結語。

◇緊扣主題，內容懂得取捨，並巧妙地說出心中感言。

你也可以參考以上範例引導，親自書寫一篇《我最愛的季節》，別忘了，隨時都可以享受寫作，聆聽你的周圍，全然地臨在，化為你修行的一支羽毛筆。

淡淡桂花開

鄭栗兒

桂花開時，有一種素淨之美。

以前在台北念大學時，一下課，穿過合江街日式住宅人家的圍牆，總會在不經意之間，聞到一陣陣淡雅馨香。是桂花開。

高大的桂樹高過牆，可以窺見她那平淡無奇的模樣，桂樹長得並不好看，開的花也是那麼小的一朵朵，但那恆久的香氣卻淡而有味，像是飲了一壺清茶，那般地滌心，也如同鄰家女孩的微笑一樣，可愛又親切。

那是一九八〇年代的秋天記憶。

一九九〇年代，我在南京中山陵的山上斷斷續續住過幾個季節，那滿山任何一隅，都藏著無數的桂樹，金桂、銀桂、丹桂皆是，不同於台灣的木樨品種，花朵更大更厚實些，且是金，是銀，是丹紅色，呈現多彩之姿。

九月秋天降臨，桂花盛開了。

紫金山的山色逐漸豐富、華麗起來，染著黃，染著紅，也處處浸淫在桂香的氛圍裡，山中幽靜的靈谷寺，亦開滿一叢又一叢的黃澄澄金桂花，燦爛極了。晨曦空濛時，鐘聲響動，僧人誦經梵唄，空氣間的滿樹桂香，一同溶入世外的禪境，靜謐而悠遠，形成風景。

「明日去靈谷寺看桂花開吧！」

中秋夜的晚上，我這樣說。

不一會兒，錢師傅端著一鋼杯熱騰騰的桂花芋艿，徐徐而來，是他太太親手製作特別的桂花甜點。

「趁熱吃吧！」他不忘吩咐。

我們品嘗一口甜而不膩的芋艿，滿嘴都是桂花味。

那是去年他摘採的桂花釀做的醬，摻在芋艿裡，便成一碗極品珍饈。

「過兩天怕有大雨，今年採不成桂花了。」

桂花開了後，就怕來一場大雨，把花苞打落地上，就完全謝了。凋謝的桂花和入雨濕的泥土中，分也分不清，而下一次吐露花苞不知何時，也許又要等待久久的日子，那些喜愛在皓皓白雪紛飛的春節十五，吃著桂花餡兒做成元宵的孩子們，不就要等得更加心急嗎？

「想著什麼事？」

凝視夜空中一片靜默，遠方沒入黑暗的殿堂，想著金桂、銀桂都開滿了，化成一處寧馨聖地，充滿著小小的歡喜，那就是我最愛的季節了！

（摘自《三種風景》，一九九六年時報出版）

國家圖書館出版品預行編目資料

寫作也是一種修行／鄭栗兒著
——初版——臺中市：好讀，2017.8
面；　公分，——（心天地；07）

ISBN 978-986-178-434-2（平裝）

802.7　　　106004906

好讀出版

心天地 07

寫作也是一種修行

作　　者／鄭栗兒
繪　　圖／Ms. David
總 編 輯／鄧茵茵
文字編輯／王智群
內頁編排／王廷芬
封面設計／鄭年亨
行銷企畫／劉恩綺
發 行 所／好讀出版有限公司
臺中市 407 西屯區何厝里 19 鄰大有街 13 號
TEL:04-23157795　FAX:04-23144188
http://howdo.morningstar.com.tw
（如對本書編輯或內容有意見，請來電或上網告訴我們）
法律顧問／陳思成律師

戶名：知己圖書股份有限公司
劃撥帳號：15060393
服務專線：04-23595819 轉 230
傳眞專線：04-23597123
E-mail：service@morningstar.com.tw
如需詳細出版書目、訂書、歡迎洽詢
晨星網路書店 http://www.morningstar.com.tw

印　　刷／上好印刷股份有限公司 TEL:04-23150280
初　　版／西元 2017 年 8 月 1 日
定　　價／260 元
如有破損或裝訂錯誤，請寄回臺中市 407 工業區 30 路 1 號更換（好讀倉儲部收）

Published by How Do Publishing Co., Ltd.
2017 Printed in Taiwan
ISBN 978-986-178-434-2

讀者回函

只要寄回本回函，就能不定時收到晨星出版集團最新電子報及相關優惠活動訊息，並有機會參加抽獎，獲得贈書。因此有電子信箱的讀者，千萬別吝於寫上你的信箱地址

書名：寫作也是一種修行

姓名：＿＿＿＿＿＿ 性別：□男 □女 生日：＿＿年＿＿月＿＿日

教育程度：＿＿＿＿＿＿＿＿＿＿

職業：□學生 □教師 □一般職員 □企業主管

□家庭主婦 □自由業 □醫護 □軍警 □其他＿＿＿＿＿＿＿＿

電子郵件信箱（e-mail）：＿＿＿＿＿＿＿＿＿＿ 電話：＿＿＿＿＿＿＿

聯絡地址：□□□ ＿＿＿＿＿＿＿＿＿＿＿＿＿＿＿＿＿＿＿

你怎麼發現這本書的？

□書店 □網路書店（哪一個？）＿＿＿＿＿＿＿ □朋友推薦 □學校選書

□報章雜誌報導 □其他＿＿＿＿＿＿＿＿＿＿＿＿＿＿＿＿

買這本書的原因是：＿＿＿＿＿＿＿＿＿＿＿＿＿＿＿＿＿＿

□內容題材深得我心 □價格便宜 □封面與內頁設計很優 □其他＿＿＿＿＿

你對這本書還有其他意見麼？請通通告訴我們：

＿＿＿＿＿＿＿＿＿＿＿＿＿＿＿＿＿＿＿＿＿＿＿＿＿＿＿＿＿

你買過幾本好讀的書？（不包括現在這一本）

□沒買過 □ 1 ～ 5 本 □ 6 ～ 10 本 □ 11 ～ 20 本 □太多了

你希望能如何得到更多好讀的出版訊息？

□常寄電子報 □網站常常更新 □常在報章雜誌上看到好讀新書消息

□我有更棒的想法＿＿＿＿＿＿＿＿＿＿＿＿＿＿＿＿＿＿＿

最後請推薦五個閱讀同好的姓名與 E-mail，讓他們也能收到好讀的近期書訊：

1.＿＿＿＿＿＿＿＿＿＿＿＿＿＿＿＿＿＿＿＿＿＿＿＿＿＿＿

2.＿＿＿＿＿＿＿＿＿＿＿＿＿＿＿＿＿＿＿＿＿＿＿＿＿＿＿

3.＿＿＿＿＿＿＿＿＿＿＿＿＿＿＿＿＿＿＿＿＿＿＿＿＿＿＿

4.＿＿＿＿＿＿＿＿＿＿＿＿＿＿＿＿＿＿＿＿＿＿＿＿＿＿＿

5.＿＿＿＿＿＿＿＿＿＿＿＿＿＿＿＿＿＿＿＿＿＿＿＿＿＿＿

我們確實接收到你對好讀的心意了，再次感謝你抽空填寫這份回函

請有空時上網或來信與我們交換意見，好讀出版有限公司編輯部同仁感謝你！

好讀的部落格：http://howdo.morningstar.com.tw/

好讀的臉書粉絲團：http://www.facebook.com/howdobooks

請填妥後對折黏貼，直接投郵即可，無須貼郵票。

廣告回函
臺灣中區郵政管理局
登記證第 3877 號
免貼郵票

好讀出版有限公司　編輯部收

407 臺中市西屯區何厝里大有街 13 號

電話：04-23157795-6　傳真：04-23144188

沿虛線對折

購買好讀出版書籍的方法：

一、先請你上晨星網路書店http://www.morningstar.com.tw檢索書目或直接在網上購買

二、以郵政劃撥購書：帳號15060393 戶名：知己圖書股份有限公司並在通信欄中註明你想買的書名與數量

三、大量訂購者可直接以客服專線洽詢，有專人為您服務：客服專線：04-23595819轉230 傳真：04-23597123

四、客服信箱：service@morningstar.com.tw